衛斯理小說典藏版 36

錯手

衛斯理
親自演繹衛斯理
《錯手》

新之又新的序言，最新的

衛斯理小說從第一次出版至今，歷時已近半世紀，總共出了多少正版，還能計得清，若是連盜版一起算，那就算找外星人來算，也算勿清楚哉！不知能不能也算世界紀錄。

算得清好，算勿清也好，能幾十年來不斷出新版，說明不斷有讀者加入，對作者來說，沒有更值得高興的事了，謝謝所有喜歡衛斯理的人，謝謝謝謝。

二〇二〇年六月四日 香港

幾句話

寫了四十多年小說，論者將拙作分為三個時期：早、中、晚。在明窗出版的一批，屬於早期和中期的上半。三個時期的創作風格有相當程度的不同，所以風評不一。本人並無偏愛，但讀友對早期的作品，頗有好評，大抵是由於在早、中期作品之中，主要人物精力充沛，活力無窮，所以使故事曲折多變，小說也就格外吸引。明窗出版社此次重新出版這批作品，正好讓大家來證明這一點。

四十餘年來，新舊讀友不絕，若因此而能有新讀友，不亦快哉！

倪匡

二〇〇五年十一月六日

序言

這個故事相當輕鬆，經過情形不是很複雜，看到最後，一定會有很多人說：沒有完。

當然不是，劉根生的故事，是另一個精彩曲折的故事，在適當的時候，會有詳細的記述，不屬於「錯手」這個故事的範圍。在「適當時機」還未曾來到之前，大家不妨設想一下他的遭遇，一個小刀會的頭目，怎麼會出現在一個怪容器之中，而且在約一百年之後。

（小刀會的那段歷史，相當有趣，也可以找點參考書來看看。）

故事由白老大和哈山打賭開始，兩個老人家之間的這場打賭，誰也沒輸，誰也沒贏——世上所有的打賭，其實結果皆是如此。

在說故事的時候，夾雜了若干上海話，這是小趣味，所用的上海話，都十分通用，學會了，間中說上兩句，「蠻好白相格」（挺好玩的）。

衛斯理（倪匡）

一九八九年三月十三日　香港

免不了閒話

在說故事之前，照例都要囉唕一番——這不是好現象，或許正如溫寶裕和胡說他們所說的：衛斯理老了！一般的印象是：年紀老的人，總喜歡嘮嘮叨叨的，說些廢話，但其實並不盡然，很有些老人乾淨俐落，三下五去二，絕不囉唕的。

這個故事，名為「錯手」。

錯這個字很妙，原義是鍍金的意思，不知怎地，忽然變成了「對」的反義詞。和錯有聯結的詞很多，錯手，只不過是其中之一——「人有錯手，馬有失蹄」，這是做了錯事的人的自我安慰。錯可大可小，有的時候，錯很小，可是造成的後果，卻極可怕，所以「差之毫厘，謬以千里」，就是這種情形。

所以，最好，人的一生之中，世界上所有的事，都不要有差錯，但那當然是絕對無可能的事，總有差錯的，任何一個小小的錯誤，都可能衍化為不可預測的後果！

還是不再囉唣，説多了，錯的機會就多！當然，故事是總要説的。

目錄

第一部

城門失火殃及池魚

上一節說到「很有些老人乾淨俐落，絕不囉唣」，倒也不盡是閒話，和這個故事一開始，很有點關係。

白素的父親白老大，就是一個絕不含糊的老人，這個曾是江湖上第一奇人的老人，晚年隱居法國南部，優哉游哉，又自稱「晚年唯好靜，萬事不關心」，總以為在他身上不會再有什麼事發生的了，尤其在若干年前，他又做了一次腦科手術，手術十分順利，更令他慶幸得享餘年，人自然也更豁達，更不會有什麼節外生枝的意外。可是，世事真是難料得很——世事若是全在意料之中，人生也就沒有什麼味道，忽然又有一些事，發生在他的身上，成為這個故事的開端。

故事一開始，白老大身在一艘豪華的郵輪之上，這艘大郵輪，載着將近七百名遊客，正在作環遊世界的航行——這種航行，甚至是沒有目的地的，只是在旅途中，經過一些著名的沿海城市，便停泊下來，玩些日子，然後再啟航，又到下一個城市。

這種方式的環遊世界，自然十分舒服，可是也十分費時間，至少要三五十天，而且，費用極其昂貴，所以青年人決不參加，中年人也絕少參加，老年人參加的很多——不過要注意，白老大在郵輪上，參加了這種形式的旅行，絕不是因為他年紀大了，而是另有原因。

原因說來十分孩子氣，或許人到年紀大了，會有返老還童的現象，白老大會到郵輪上去，是因為他和一個人打了一個賭。

（白老大性烈如火，不是很受得起刺激，所以，也十分容易和人家打賭。）

和他打賭的是另一個老人，年紀和他差不多，脾氣一定也和白老大相去無幾，不然，怎麼兩個都活了將近一世紀的老人，會因為小事而爭吵起來，終於形成非打賭來解決不可的局面呢？那另一個老人，在工作上早已退休，可是仍然擁有一家大輪船公司的大多數股權，是世界上著名的富豪，簡單一點來說，也就是擁有白老大後來搭乘的那艘郵輪的船公司的真正主人，哈山先生。

哈山先生是一個傳奇人物，他究竟是什麼地方人，連他自己也說不上來，他和中國很有點關係，因為他是被一個猶太富商，從上海的一間孤兒院中領養出來，接受教育而長大的。

他之所以會被那個猶太富商領養，原因說出來也十分滑稽——雖然他三歲，外形看來，已明顯地不是中國人，眼大鼻高，皮膚卻又黝黑，那是中東一帶的人的特徵，猶太富商便也把他當作是猶太人了。

哈山後來常開自己的玩笑，說：「猶太人和阿拉伯人，外型看來都差不多，都是在那一帶生活的，我可能根本是一個阿拉伯人，卻被當作是猶太人，這和一個男人從小被人當作女人養大，實在沒有什麼分別，是一宗荒謬的錯誤！」

阿拉伯人也好，猶太人也好，哈山其實都不在乎，因為他根本無法確定——孤兒院中沒有任何紀錄，他在未滿月時就被人棄置街頭，那一年冬天，上海最低溫是攝氏零下六度，作為一個棄嬰，他沒有凍死，真是奇蹟。

白老大和他相識甚早，大家十多歲的時候，在上海，就由少年人的打架，打成了相識。別看哈山的樣子，沒有一點像中國人，可是一開口，那一口流利的上海話，尤其是講起一連串的粗話來，也真的能叫人愕然。

到了二十歲之後，兩人各奔東西，互有發展，撫養哈山的那個猶太富商，可能早已看出哈山聰明絕頂，非同凡響，所以對他很好，也有可能，暗中留下了一部分財產給他去發展。那猶太富商，富可敵國，就算只留下一點點，也是龐大的數字，再加上哈山的經營本領，自然哈山很快也成為富豪。

當哈山和白老大各自三十出頭之後，兩人倒也合作過幾件事，例如大批的軍火交易，大規模的戰時的物資交易和破壞活動等等。

總之，他們是從小就相識的好朋友，白老大退隱法國南部之後，定居在巴黎的哈山，時常來探望他，兩人不論在什麼地方，都高談闊論，上一分鐘是流利之極的法語，下一分鐘，就用在法國誰也聽不懂的上海話，使得在他們身邊的人為之側目，以為這兩個老人，來自外星。

兩人有這樣的交情，居然為了一言不合，還要打賭，付諸行動，因此也可知這兩個老人的少年心境。

他們打的是什麼賭呢？完全從閒談開始，那天，哈山自己駕着他那輛鮮紅色的跑車，一路上逢車過車，來到白老大的小農莊，意氣風發之極，對白老大道：「你不應該在這種鄉下地方孵豆芽，到外面見見世面去！」

「孵豆芽」是上海話，就是說人沒有事情做，一天到晚躲在家裏的意思。

白老大一聽，心中已有三分不喜歡，心想，花花世界，我白老大還有什麼沒見過的？但礙於大家都是老朋友，所以他並沒有立刻發作，只是面色也就有點不很好看，雙眼向上略翻：「有什麼好看的？」他順手一指哈山駕來的那輛跑車：「像這種東西，一個甲子之前，已經白相得不要再白相了！」

「一個甲子」是六十年，「白相」就是玩，那自然是白老大對哈山剛才的話，表示不滿。

哈山一揚眉，他的眉極濃，年輕時，因之常有人說他像泰隆鮑華——一個三四十年代的好萊塢大明星，他也很以此自豪，所以一直養成了動不動就揚眉的動作，以突出他面部的特點，至老不變，他揚眉的動作相當誇張，說的話也很誇張：「要是你見識過我那艘新的郵輪，你才知道船可以大到什麼程度。」

白老大立即學着他的樣子，也誇張地揚了揚眉，同時，打了一個哈哈：「是麼，我知道有一艘船極大的！」

哈山再揚眉，不服氣：「大到什麼程度？」

白老大比比手勢：「一個在船頭工作的人，生了一個兒子跑去通知在船尾上工作的朋友，等到他回來，他兒子已經結婚了！」

白老大說完，已忍不住轟笑了起來，哈山的臉色，也就不怎麼好看。

白老大剛才的笑話，其實並不好笑，但是那都是一個上海頗出名的老笑話。老笑話聽起來有親切感，好笑的程度也格外高些。

哈山冷冷地道：「一點也不好笑，你沒有真正見識過大船有什麼好說的？」

白老大搖頭道：「你不必激我，我才不會像那些傻瓜那樣坐船去旅行，每到吃晚飯還要穿上禮服，浪費生命在海洋上晃來晃去，留着你自己去見識吧！」

兩個老人話說到這裏，已經很僵了，哈山還道：「你這種鄉下人，保證一上我這新郵輪，就暈頭轉身，七葷八素，連東南西北都分不清！」

哈山若是單這樣講，還不要緊，可是他在這樣說的時候，還伸手指向白老大的鼻尖——幸而哈山的指尖和白老大鼻尖之間，還有大約一公分的距離，若是一下子碰了上去，兩位老人家只怕就要大打出手。

白老大狠狠盯着哈山的手指。「移開你的腳爪，一條小破船，也來吹牛皮！沉在水裏，只怕也沒有人來撈！」

哈山的事業，很大部分是靠航運起家的，所以他對船有深厚的感情，這句話，傷害了他的感情，也傷害了他的自尊心。

而且，白老大最後那句話，還是有典故的，典故和他們兩人有關，也和一椿歷史事實有關。

第二次世界大戰才爆發時，交戰的雙方，組成了同盟國和軸心國。軸心國的主要國家是德國、意大利和日本，當時上海的租界勢力，則是同盟國的英國和法國。恰好有一艘意大利郵輪，那時停泊在上海的外灘，宣戰令一下，自然要把它扣留。

意大利郵輪的船長，賁夜把船弄沉，不肯交到同盟國之手。

這艘郵輪極大，沉沒之後，整個翻轉，船底向天（就像有一部描述巨輪翻轉的海難電影一樣），整個船底赭紅色露在外灘的海面之旁，人來人往，個個可見。

許多冒險家都想把這艘巨輪撈起來，因為傳說，這艘巨輪中，載有大量的金塊，都是軸心國在上海的財產，要由這艘船載走的。

可是船實在太大，經過許多方法嘗試，都未能成功，後來日本軍隊入侵上海成功，並且收回租界，整個上海，變成了日本人的勢力範圍。日木皇軍想出來的辦法是，用粗大之極的鐵鏈纏住船身，再把鐵鏈伸延到岸上，繞過建造在外灘上的巨大建築物上，再用絞盤去絞動鐵鏈。經歷兩年之久，才把這艘巨大的郵輪翻了過來，那些大廈由於承受的力量太重，竟然都有輕微的傾斜。

當時，日本軍方進行這項巨大的工程，就由哈山組織的一間公司承包進行。在工程一開始的時候，哈山就找到白老大，兩人一起商量「擺日本赤佬一道當」（讓日本鬼子上當），他們的計劃是，趁工程進行之便，派出優秀的潛水人員，先潛進郵船內部去，把船上的黃金和其他貴重物品全部弄走，等到船撈起來的，讓日本人只得到一隻空船殼子！

白老大自然同意，兩人就照計劃實行，兩年來，潛進郵輪內部外過一千人次，可是什麼也沒有發現，一直到船翻正，白老大和哈山也無法知道郵船上是不是真的有大量金塊存在。

他們永遠也無法解開這個謎了，因為這艘船翻正之後，日本人大事慶祝，準備將之拖回日本。

郵船才拖出吳淞口，就遇上了同盟國的大群轟炸機，不知多少噸炸彈投下來，那艘船從此沉入海底，再也沒法撈得起來了。

這一次行動，哈山和白老大都虧了老本，兩個人都生性好強，要面子得很，像這種「觸霉頭」（倒霉）的事情，兩個人都絕口不提好幾十年了。

這時，白老大忽然用不屑的語氣，一副不懷好意的神情似有意似無意地提起了打撈沉船，哈山滿面通紅，大大沉不住氣，揮着手：「我看你，說起來好像是什麼事都經歷過，只怕叫你在郵船上找一個人，你就找不到……」

白老大悠然：「三五分鐘自然找不到！」

哈山的臉漲得更紅：「給你八十日，那是郵輪環球航行的日子，你也找不到。」

白老大仰天大笑，表示那是天方夜譚，決無可能，所以不必置笞。哈山卻認了真：「要是一個人躲起來，你在八十天之內，能把他找出來，我那條新船，就是你的了！」

兩人你一句我一句，本來愈說愈快，說到這裏，忽然停了下來。

白老大緩緩轉着手中的酒杯，盯着琥珀一樣的酒。也不知道他在想些什麼——後來，知道他想的是：弄一艘大輪船來。自己沒有什麼用處，送給小孩子玩玩，也是好的。他慢吞吞地問：「這艘船的造價是多少？」

哈山臉紅脖子粗，彈眼碌睛：「兩億英鎊——怎麼，夠你行動了吧！」

白老大喝了一口酒：「勉強！」

接着，白老大也一伸手，指尖和哈山的鼻尖之間的距離，也是一公分：「你上船去躲着，看我把你拎出來！」

他不說「找出來」，「揪出來」，而說了一句上海話「拎出來」，含有相當程度的侮辱性，有略作說明的必要。

本來，「拎」這個動詞，在上海話之中，就是用手提一樣東西之意，沒有什麼特別，也說不上什麼侮辱性。可是，上海，別看早就是繁榮之極的大城市，但其實，城市建設相當差，衛生設備更差，許多地方，根本沒有抽水廁所的設備，用的是中國人傳統的馬桶。

（一直到現在，二十世紀八十年代了，最近的統計資料透露，上海至少還有八十萬居民，在使用這種馬桶來解決大便問題，落後得真叫人吃驚！）

馬桶盛載了糞便之後，每日要清理，於是每日清晨，便有工人推着糞車，沿街或走進弄堂去叫，去逐家逐戶來清理糞便。

這類工人一面走，一面大叫的便是拖長聲的：「拎——出來！」

哈山在上海長大，怎有聽不出來之理，他大喊一聲：「你要是輸了，該怎麼樣？」

本來，這兩個老頭子吵起來，事情和我，衛斯理，可謂風馬牛不相干，全然沒有關係，他們在法國南部爭執，我在上萬公里之外，真個是穩如泰山，連眉毛都不會跳動一下。

可是天下偏偏有那麼荒唐的事，人家說城門失火，殃及池魚，也得那個池接近城門才是，我人在萬里之外，卻也被拖了進去，真正是冤哉枉也之至了！

荒唐事先由白老大發起，哈山一問他輸了便輸什麼，問得也有道理，因為他拿出來的賭注，是一艘造價兩億英鎊的大郵輪！

白老大自然沒有哈山那麼多錢，可是他也絕不自卑，在慢條斯理，喝了三杯酒之後，伸手在他自己的大腿上用力一拍，大喝一聲：「有了！要是在八十日內，在那隻船上找不着你，就叫我女婿衛斯理，陪你八十日！」

這種「賭注」，簡直是荒謬之極了，也虧白老大想得出來。

而更荒謬的是，哈山一聽，居然大叫一聲，也伸手在自己的大腿上重重一拍，立時向白老大伸出手來，白老大也伸手，他們兩人並不是「擊掌為誓」，而是各自伸出了尾指，用力勾了一勾——上海小孩子為了表示合作的決心，就有這種勾手指頭的動作，一面勾手指一面還唸唸有詞，有一套說詞，起着誓言的作用。

兩人決定了之後，再也不提，開杯暢飲，談些當年發生的令人高興的事，白老大又提及了奇人卓長根——這個秦朝人的後代，令得哈山大有興趣，可是白老大又只說了一個開頭，就說：「下面的事，叫衛斯理講給你聽！」

接下來直到天黑，白老大向哈山說些瞎七搭八的事，例如一大塊木炭居然要等體積的黃金才肯交換，原來木炭裏有一個鬼，又例如進了大廈的電梯，電梯竟然一直向上升，再不停止。再例如一個人總是做同一個夢，夢境竟然就是他的前生，以及每個人的行為，是好是壞，都由這個人的腦部活動所產生的能量，被記錄着，到時候就有報應之類。

白老大把每一件稀奇古怪的事，都只說了一個開頭，然後，就說：「詳細情形，等衛斯理告訴你！」

白老大說的，都是我許多奇遇中的一些事，倒是椿椿都曲折離奇之極。原來哈山最大的嗜好，便是聽各種怪誕曲折，奇異古怪的故事，可以聽得廢寢忘食，手舞足蹈，在其中得到無窮的樂趣。

像哈山這樣身分的人，一生之中，什麼都有了，他自己的經歷，也豐富莫名，再要有能夠吸引他的故事不是易事。

哈山從白老大處知道我有許多奇異莫名的遭遇，早就想「重金禮聘」我專門去替他講故事，向白老大提出了好幾次了。

白老大素知我的脾氣，一定不會答應，所以連提都沒有向我提過，每次都支吾以對，把他敷衍了過去，可是卻又總透露一點我的經歷，讓哈山聽了，心癢難熬，欲知究竟。

事後，白老大還十分得意，揚着頭，呵呵大笑，聲音宏亮之極，指着我和白素：「薑是老的辣，你們小孩子，學着一點！我一直向哈山提衛斯理的奇遇，只是下一着閒棋，怎知道有用？哼，要不是我下了一着閒棋在那裏，叫哈山對衛斯理大有印象，怎麼會我一提出來叫衛斯理陪他八十天，他立刻就接受了？」

若是換上第二個人，我早已翻臉了，可是對方是白老大，能說什麼呢！想不說話卻不行，白素在我背後重重指了一下，我就連聲道：「是！是！你老人家深謀遠慮！」

後來，白素還罵我：「看不出你這個人那麼虛偽，連說兩聲『是』也夠了，還說什麼『深謀遠慮』！」

處世的學問大焉哉，後生小子，倒真的不可不學！

白老大和哈山打賭，把我當作賭注一事，我在後來才知道，白老大和哈山一起上船的時候，並沒有告訴我——他想得很對，根本不必告訴我，因為一隻郵輪再大，有八十日的時間，要找出一個自小就相識的人來，應該絕無困難，更何況他們後來又討論了許多細節問題，如同一方不得化裝，不得被發現藏身之處後不出來，另一方不得暴力威脅船員透露消息之類。

兩個老人家，除非不玩，一旦起了勁，玩得十分認真。

八十日一次環球旅行，每次的起點，是在法國的馬賽港，以哈山的地位，要安排這樣的遊戲，自然再簡單也沒有。白老大表面上按兵不動，若無其事，可是也早已偵騎四出，有了安排。

他得到的情報相當多，聽來令人咋舌，大郵輪的全部設計圖，照說是船公司的絕對機密，可是白老大也有辦法把全部電腦資料弄了出來，輸入了他準備隨身攜帶上船的小型電腦中，那也就是說，白老大手頭所有的資料，豐富之極，他只需按下鍵盤，電腦終端機的熒光屏上，就會現出有關這艘郵船的一切，包括平面圖在內。

白老大也知道，在郵輪泊在馬賽港的當晚，全體船員，一共超過四百人，都得到哈山的招待，哈山包下了一家豪華酒店，招待船員。在宴會前後，哈山和高級船員，都有過密談。

哈山要躲在船上不被人發覺，自然需要依靠船員的掩護，他要進食，也需要一定程度的活動，沒有船員掩護，十分容易被白老大「拎出來」。所以，他必然要有一番十分嚴密的佈置。

白老大也不甘後人，找到了在船上擔任二級管事的華裔法國人，作為內線——他和哈山的協議細則，只說不能暴力威脅船員，沒有說不能高價收買船員，白老大要那人把哈山的佈置說出來。

可是那人卻目瞪口呆，說的話大出白老大的意料之外：「哈山先生要躲在船上？我沒有聽說有這回事，要是有我一定會知道，我負責船上的所有給養，哈山先生總不能八十天不吃東西。好的，上了船，一有消息，我立刻向你報告！」

白老大一時之間，難以判定那人所說是真是假，反正有八十日的時間，為了防止哈山出狡猾，例如根本不在船上之類，兩人一直在甲板上，直到船離岸之後，哈山向白老大揮手告別，白老大在甲板上多逗留一小時，好讓哈山去躲起來，一切，和一般兒童所玩的捉迷藏遊戲無異。

第二部

眾裏尋他千百度

白老大當然沒有立刻開始尋找，他準備先舒舒服服享受幾天海上旅程。

白老大想起，自己舒服地享受着豪華遊輪上種種設施時，哈山卻不知躲在什麼陰暗角落，害怕被人發現，不禁大是開懷，感到這場賭博就算輸了，也大是值得！

「自然，輸了是我倒霉，與他何干？」

所以，不到三天，滿船船員和乘客，對這個精神奕奕、聲若洪鐘，體格矯健，學識豐富，精通各國語言，出言風趣幽默，見識非凡的東方老人，無不印象深刻，他成為全船最受歡迎的人物。

白老大是故意造成這種地位的，這使得他得到任意敲了任何房間的門之後，立即被請入房的待遇。

這對他的行動來說，十分有利，他已經進入過所有的客房——他早從船公司方面得到過搭客的名單，幾百名乘客，以白老大的人生閱歷來說，就算對方全然不開口，他也可以把對方的身分，弄清楚十之八九，何況他成了受歡迎的人物，簡直成了若干乘客的生活愛情顧問！

所以，十天之後，他可以肯定的是，哈山決不是躲在船上的客房之中。

在這十天之中，他可以肯定的另一件事是，哈山也不在船員的艙房之中——因為他已經在高級船員和普通船員的房間中，進行過徹底的搜索。

他考慮過，哈山在船上，不可能不和人聯絡。如果那個管事，也不可能在事先得知機密，那麼一定只有更高級的船員，才能參與其事。所以白老大又要了小小的手段，在船長、大副和二副的制服肩章之下，放置了微型偷聽器，只要他們一和哈山說話，白老大就會知道，而且可以根據無線電波探測儀的指示，找出哈山藏匿的地方來。

可是十天過去了，他在這方面一無所獲。

白老大沒有放過廚房，由於哈山吩咐過，白老大在船上有絕對的權力，所以，每一間雜物房、儲藏室、酒庫，他都可以任意去。

二十天之後，他可以肯定，這些地方，也不是哈山躲藏之處。

白老大甚至沒有放過船上的凍房——那是一個十分巨大的冷藏庫，溫度維持在攝氏零下二十度，他也沒有漏去機房，大船的機房，像是一座工廠，可供人藏匿之處，當然不少，可是三十天之後，他也肯定了哈山不在那些地方。

白老大已經有點沉不住氣了，三十天之後，他開始去看每一隻覆轉了的救生艇——那裏確然十分隱秘，是躲起來的好地方。他在四十天之後，檢查了大船的煙囱部分，那地方實在是不可能躲着的，可是在電腦紀錄上，沒有找過的部分已所餘無幾，他也只好試一試！

他每次找過的地方，就輸入電腦，所以電腦的熒光屏上，一打出船的各層平面圖來，哪些地方已給找過，哪些地方沒有找過，一目了然。

第四十二天，大副代表船長、二副，和他自己，把發現了的微型竊聽器還給白老大，一言不發，甚至沒有表示不愉快和好奇，那更令得白老大難堪，事後他說：還好那小赤佬沒有看我，不然發覺我老人家臉居然十分紅，他會覺得內疚。那個管事的報告說，他不知道哈山在船上，也沒有人知道哈山在船上。

在一開始的時候，白老大自然不知，哈山既然敢打這個賭，就斷然沒有一下子就可以把他找出來之理，可是他給自己下的期限是八十天。在打賭的期限只過了一半，或不到一半，就把哈山找了出來，自然夠面子之極，大獲全勝，過了一半時間，就算贏了，也沒有贏得那麼漂亮。

所以，四十天之後，白老大已開始急躁，六十天之後，仍然一無發現，白老大的白髮失落量，日有所增，在六十三天，豪華郵輪泊到了本城的碼頭，白老大上了岸，直趨我的住所。

第三部

黃口白髮相牽挽

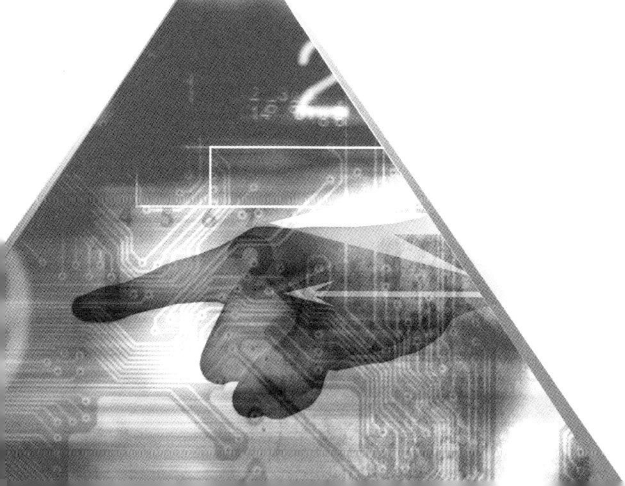

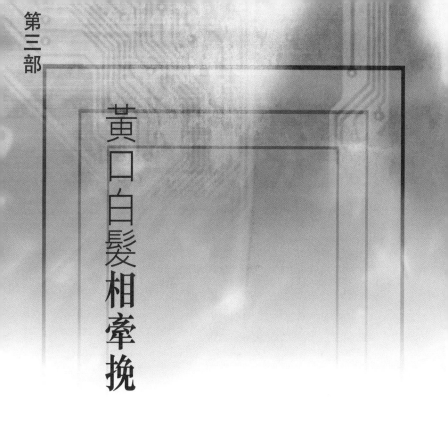

他來得正是時候，我住所正有一個小小的聚會。

溫寶裕和胡説是當然在的，良辰美景也在，妙的是原振俠醫生都在（聚會主要還是應他邀請舉行的），還有一對孿生子，陳氏兄弟，是相當成功的商人。

因為原振俠醫生最近的奇異經歷，和這對孿生子，以及另外一對孿生女有關，十分值得研究，而且經過也十分曲折，涉及知識記憶的直接灌輸，大家正在聽原振俠的敘述，良辰美景亦曾經歷其事，甚多插言，陳氏兄弟很少開口，其中一個只是説：「一分鐘之間，我腦中還是一片空白，類似白癡，一分鐘之後，我兄弟所有的記憶，就全部進入我的腦中！」

溫寶裕聽得手舞足蹈：「妙絕妙絕，孿生子之間，只要讓一個去受上學之苦就夠了，另一個盡可能逍遙快樂，十幾二十年之後，通過知識快速轉移，兩個人的學問，也不一模一樣了！」

良辰美景叱道：「那麼不公平！」

溫寶裕笑：「那就一人一半，至少可以比平常人少努力一半！」

胡說皺眉：「小寶愈來愈不長進了，怎麼不設想兩人各自努力進修，再互相交換知識，事半功倍！」

溫寶裕雙手交叉，放在腦後，晃着眼，一副憊賴相：「我不喜歡做蜜蜂，喜歡做蝴蝶。」

良辰美景老實不客氣：「天生一隻花蝴蝶，飛來飛去苗女前！」

溫寶裕自從認識了苗女藍絲之後，很有相思病的象徵，也成為良辰美景取笑的對象。像這時，良辰美景這樣說他，他也不生氣，也不臉紅，只是幽幽地長嘆了一聲。然而，一下子他又活潑起來：「武俠小說中，常有武功蓋世的老人家，或手心按住了一個少年的靈台穴，或頭頂對頭頂，嗯，頭頂的那個大道，叫百會穴。然後，將自己畢生的功力，輸入對方體內，那少年人一下子就有了極高的內功，比吃什麼靈藥都好！」

我聽了之後，不禁哈哈大笑，溫寶裕的說法，雖然聽來有點不倫不類，可是十分貼切，知識的快速轉移，情形就和那種情形差不多。我補充了一下：「略有不同，把一生的內功給了人，自己就沒有了，把知識轉移給人，自己一點損失也沒有。」

溫寶裕已提出問題：「或許如果不是孿生子之間，一轉移，就會有損失！」

他提出的問題，自然誰也不能回答，但是七嘴八舌，人人爭着講話，場面本就熱鬧之極，再加上忽然門鈴一響，門開處，一個精神抖擻的身形高大銀髮老人，大踏步走進來，自然是加倍熱鬧。在那種場合中，白素一直最少說話，所以過去開門的也是她。

當白老大才一出現時，場面十分混亂，必須一一細表。門一開，白素看到是父親大人駕到，又是高興，又是奇怪，因為那是萬萬料不到的事，她在一怔之間，白老大一伸手，一隻手抱住了她，已把她整個人抱了起來。

在這當口，行動最快的是良辰美景，行家一伸手，便知有沒有，他們兩人自小在古代的武術的環境中長大，一看到白老大出手，就知道這個老人有絕頂武術造詣，一時之間，沒有想到白老大的身分，唯恐白素吃虧，身形一閃，兩條紅影，箭一般向前射去，可是她們身形才動，白素也已經有了回應。

白素雙臂摟住了白老大的頭，神態親暱之極，滿臉笑容，也與平日不同，此情此景，人人一看就可以知道，她和老人之間的關係，非比尋常。

良辰美景的行動，當真是說動就動，說停就停，一下子，兩條俏生生的人影，已停在白老大之前。

在這裏，要稍作說明的是，白老大和滿屋之人，都沒有見過面，但是屋子中的人，自然都知道白老大的身分。

白老大也知道屋子中這些人是什麼人的原因是，白素常寫信給他，信上說的事，自然和我們的生活有關。白老大也不回信，只是在收了十封八封信之後，才寄一張字條來，大多數只有三個字：「知道了。」很有清朝皇帝批奏摺的派頭。

所以，他目光一射，就知道什麼人是什麼人，這時，良辰美景正在他伸手可及之處，他目光在兩人身上一掠而過，倏然輕輕推出白素，雙手倏然伸出，十指如鈎，抓向良辰美景的肩頭，出手之快，無與倫比，若不是溫寶裕在這時忽然叫了起來，一定可以清楚地聽到他這一抓所帶起的勁風之聲！

溫寶裕突然大叫，自然是他也認出了白老大是什麼人，因為那時，我和原振俠，都霍然起立，溫寶裕則是直跳起來的，他叫的是：「不得了啦！不得了啦！」

他為什麼會這樣叫，連他自己也莫名其妙，那是他在認出了白老大之後，剎那之間感到了極度興奮的一種異常反應，只管有聲音發出來，哪裏還理會得大叫出來的是什麼話！

至於他何以一看到白老大出現就極度興奮，自然是由於他平時聽白老大的事迹多了，又知道白老大武功蓋世，愈老愈有童心，溫寶裕唯恐天下不亂，一想到自己若是和白老大一老一少兩人，在江湖也搗騰一番，怕不天動地搖，翻江倒海！所以一下子就樂極忘形了！

這時的情形之亂，可想而知，我還未曾出聲稱呼，白老大已向良辰美景出了手，而且，在出手之前，一點先兆都沒有，甚至視線也不在兩人的身上，有幾分偷襲的味道。

以白老大身分之高，尚且如此，自然是他從剛才兩人一掠而至的行動之中，看出了兩人的輕功造詣極高。他既然出了手，若是抓不中兩個小丫頭，那自然無趣之極，所以寧願出手之前，弄些少狡獪。

白老大出手，疾逾閃電，可是良辰美景的身法也甚快，一聲嬌呼，身形已向後倒縱而出，兩條紅影掠過茶几和沙發，一下子到了鋼琴之上。

白老大一抓抓空，一聲呼喝，並不縮回手來，雙手仍然揚起，身子也跟着縱出，良辰美景才一落鋼琴上，可能雙足還未曾站到琴蓋——當然是站到了的，但因為動作實在太快，所以給人似未曾站到之感——白老大已然撲到，這一次，白老大撲得高，是居高臨上，老鷹搏兔之勢抓將下來的！

良辰美景身子向後略仰，竟然就着這個略為後仰的姿勢，並肩平平向後射了出去。

白老大第二抓又自落空，足尖在琴蓋上一點，又直逼了過去。

白老大和良辰美景的追逐，看來固然驚心動魄之極，也精采之極，但是我住所的客廳，畢竟不是演武廳或擂台，我心中一迭聲叫苦，只怕客廳要遭劫，可是他們雙方的行動又那麼快，誰能阻止他們！

良辰美景再一退，白老大直逼過去，已把她們逼到了牆前，兩人再無退路。白老大這時，運足了氣，樣子看來，極具威武，良辰美景在他又揚起手來之際，忽然同時格格一聲嬌笑，一邊一個，反將白老大緊緊抱住，一再叫道：「捉到了！」

白老大怔了一怔，隨即也呵呵大笑了起來，笑聲震得人耳際嗡嗡直響，自然把溫寶裕亂七八糟、不知所云的叫喊聲壓了下去。

白老大一面笑一面道：「好乖巧的小丫頭！」良辰美景仍然掛在白老大的身上，嬌聲道：「老爺子，我們要是一個一個分開去，你是抓不住我們的！」

白老大側頭想了一想：「對，能抓到一個，已經不錯了！」

胡說在這時候，首先鼓起掌來，我和白素已手拉手走了出去，白素眉花眼笑：「爹，你怎麼來了？」

白老大悶哼一聲：「無事不登三寶殿，不過，且先自己報上名來！」

這一次，溫寶裕搶了先，一躍向前，大聲叫道：「溫寶裕！」

白老大臉一沉（溫寶裕配合得真好，立時頭一縮），喝道：「你剛才嚷叫什麼？什麼叫不得了啦？」

溫寶裕大聲答：「我是代衛斯理叫的，平日他最大，老爺子一到，他只怕有點不自在！」

溫寶裕是在胡言亂語，可是說的話，恰好觸及白老大的心境——六十多天了，哈山像是在空氣之中消失了一樣，打賭、輸，我就成為輸出去的賭注，大是不妙。白老大想到這裏，不禁長嘆了一聲。

這一下子，把所有人嚇了一跳，白老大卻沒有別的表示，良辰美景也報了名，白老大伸手撫摸她們和溫寶裕的頭，溫寶裕斜睨向原振俠醫生和我，一副鬼頭鬼腦的神氣。我知道他心中一定在想：白老大年紀大你們很多，要是也摸你們的頭，把你們當小孩子，倒也很有趣。

可是白老大為人很有分寸，等到胡說報了名字，他伸出手來，並不去摸胡說的頭，而是和胡說握了握手，輪到原振俠醫生時，他更客氣，不但握手，還說了一聲「久仰大名」。

原振俠向他深深鞠躬，白老大對原振俠的印象很好，十分誠懇地道：「年輕人，那麼出色，感情上的煩惱必多，當作是人生一部分，大是有趣！」

一句話說得原振俠大是心服，連聲道：「說得是，白老先生說得是！」

白素作了一個鬼臉，低聲道：「只怕知易行難！」

原振俠醫生假裝聽不見，可是耳根卻有點發紅。

混亂的情況，至此告一段落，眾小輩團着滿頭銀髮的白老大團團坐定，白老大一面喝酒，一面才把事情的根由，詳細道來。

當他一說到我，衛斯理，竟然成了賭注之際，別說良辰美景和溫寶裕了，連原振俠、胡說也大笑特笑，白素竟然也不念多年夫妻之情，笑得彎下了身子，直不起來。糟糕的是，我也得跟着大家一起笑。

白老大說完，雙手一攤，望實了我。他老人家看來是存心要賴了！

我只好先發表意見：「你上當了，哈山早已離開了那船，等到最後一天，他才回到船上，在你的面前出現，宣布你的失敗！」

白老大連連搖頭：「不會，這種狗皮倒灶的事，哈山是不做的。」

在提到哈山的時候，白老大就離不了用上海話。上海話的「狗皮倒灶」，十分傳神，意義也很廣袤，大抵是不大爽快，不漂亮，鬼頭鬼腦，不能見光的行為而言。

溫寶裕則道：「老爺子，他是要躲在任何一間客房的衣櫃中，你就找不到他了！」

白老大嘆了一聲：「我豈有想不到之理？間間房間，隻隻衣櫃，我都打開來過，甚至叫過：哈山，還不出來。根據我們的協定，他非出來不可！」

良辰美景也提了一些可能，胡說和原振俠也有了假設，當然是溫寶裕的假設最多，簡直是層出不窮，令得白老大也大是訝異。

溫寶裕的其中一個假設是：「他一定在最當眼處，可能每天就在你的身旁，所以你反而不注意！」

白老大嘆了一聲：「這一點我也想到過了，難道他會隱身法？」

這一句話，又引發了溫寶裕的另一假設，他叫了起來：「我想到了！」

（他在每一個假設之前，都先這樣叫。）

他神情十分興奮：「我想到了，他一定利用了魔術中的隱形法，那種魔術，利用鏡子作巧妙的角度安排，可以造成視覺上錯覺，使人看不到躲在鏡子後面的人！一艘船那麼大，要佈置這樣的一個角落，太容易了！」

溫寶裕的每一個假設，幾乎都是一提出來，就立刻遭到否決，可是這次，他說完之後，各人竟然都默不作聲，溫寶裕大是興奮，昂起了頭，一副得意洋洋之狀。

白老大首先開口：「嗯，這倒有點道理，哈山那樣做，也不算是犯規，如果真是那樣，真的沒有辦法將他找出來了，我總不能用一根棍子滿船去敲打，就算人家不把我當神經病，船那麼大，時間也不夠了！」

溫寶裕忙道：「是啊，老爺子，看你這次打賭啊，是輸定了！」

他說着，竟然幸災樂禍，大是高興，學着戲腔，「哈哈哈」大笑三聲。

我也不去生他的氣，只是道：「看來不能贏了，一人躲，十人找，這個賭打得本來就有點吃虧，這樣，和哈山去討價還價一番，看來哈山自知佔了便宜，也肯答應的。」

溫寶裕忙道：「是啊！是個騙局，輸了，很多情形之下，可以打折扣付錢，我看提出叫衛斯理陪他六十天，哈山一定肯接受。」

我悠然道：「不，改派溫寶裕去陪他一百二十天，小寶肚子裏的故事更多，至少，我就沒有和苗女有——」

我講到這裏，溫寶裕已經漲紅了臉，大叫了起來：「是我不對了，我什麼也不說了！」

他和苗女藍絲之間發生的事，別人都不知道，我只對白素說了，溫寶裕知道我知道，可是兩人之間，也沒有說破過。若不是他實在太可惡，我也不會以此要脅。

白素瞪了我一眼，白老大倒對我的提議，大是興趣，托着下頷道：「嗯，我正在犯愁，這主意很好！」

他一面說，一面向溫寶裕望去，看到溫寶裕俊臉通紅，他不知其中另有文章，還只道溫寶裕不樂意，就道：「皇帝不會用餓兵，你要是替衛斯理去了，要什麼，只管向我開口就是！」

溫寶裕這個人，一生之中，奇遇甚多。他和陳長青十分投緣，等陳長青

「看破紅塵，上山當道」之後，把祖傳大屋交由他全權處理，那屋子簡直是開發不盡的寶庫，不知道可以給他發掘多久。現在，白老大又向他說這樣的話；白老大言出必行，我不禁替他捏一把汗，溫寶裕的想法，匪夷所思，要是他提出來的要求，竟是白老大辦不到的，這就不免難堪了！

一時之間，人人都靜了下來，溫寶裕十分認真，背負雙手，來回踱步，足有一分鐘之久，客廳之中竟然鴉雀無聲，過了一分鐘，溫寶裕才長嘆一聲：「老爺子可以給我的東西太多了，我竟然不知道要什麼才好，唉，老爺子，隨你的意思辦！」

這一來，大大對了白老大的胃口，老頭子一把扯過溫寶裕來，拍着他的肩頭，大聲稱讚：「好小子，有出色，你在上學？暑假到法國來找我，我有一套拳法，很合你練，學會了——」

他說到這裏，斜眼向我、白素和原振俠望了一眼，「嘿嘿」乾笑兩聲，竟沒有再說下去，可是意思卻再明白也沒有。

溫寶裕大喜過望：「老爺子，可是學會那套拳法，他們三個人都打不過我？」

白老大伸手指向溫寶裕道：「噯，你話不能那麼說，那麼說別人會心中不服！」

我、白素和原振俠都不禁大笑，這一老一少，可真是對了眼，合拍之至。

白老大又道：「現在還有十多天，打賭不一定輸，不過不論輸贏，我都會教你。」

溫寶裕喜歡得手舞足蹈，在白老大的身邊，團團亂轉，「老爺子」喊得震天價響。我提醒白老大一句：「哈山若然真是用魔術的掩眼法躲了起來，你輸面佔九成，還有一個可能，他要是知道你有了郵船的詳細資料，會不會改變一下結構，譬如說，把原來的兩間房間，化成三間，多了在資料上沒有的一間，你怎麼找？」

白老大呆了半晌，這個可能更實在，真要是這樣，一開始有八十天時間，倒還可以，現在，時間無多，只怕也輸定了！

白老大的神情有點沮喪：「真想不到，哈山會那麼認真，真無趣！」

老人家不講道理起來，真是很難說，價值兩億英鎊的大輪船，輸了就要送人的，能不認真嗎？當下，溫寶裕提出請白老大去參觀陳長青的屋子。

白老大欣然允諾，於是一行人等，又在陳長青的屋子之中，消磨了一段時間，並且由胡說、溫寶裕發辦，各人在廚房中大顯身手，除了原振俠醫生有事先走之外，一行人到將近午夜時分，才送白老大上船，大家一起跟了上去。

一上船，溫寶裕就長嘆一聲：「老爺子，這個賭，你打得真不值，這船太大了！」

第四部

煙消日出不見人

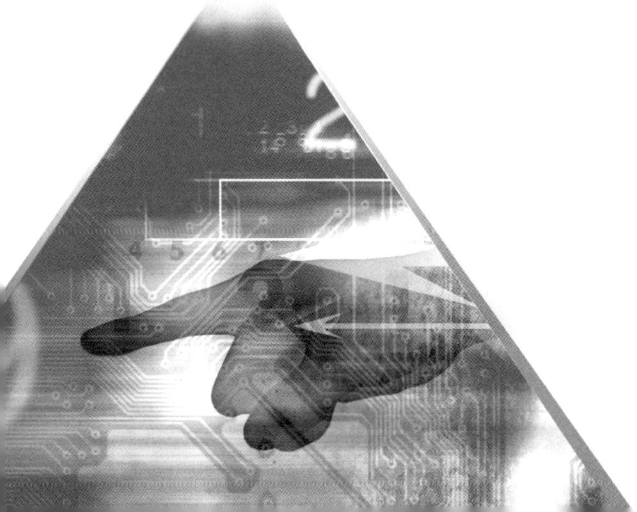

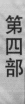

我也正有這個意思：要在那麼大的一艘船上，尋找一個刻意躲藏起來的人，實在是十分困難的事。尤其，我留意到了白老大和哈山的打賭，並沒有指定哈山一定要躲在一個固定的地方。

如果我是躲的一方，我就絕不會躲在一處固定的所在。白老大在船長室找他的時候，他可以躲在大副那裏，而等到白老大認為船長室找過了，沒有問題時，他又可以回到船長室去，這樣的捉迷藏法，別說八十天，就算八百天，白老大也未必能把人找出來。

我並沒有說什麼，可是我的神情，顯然表示了白老大非失敗不可，白老大自己也明白這一點（不然，以他的脾氣，怎會把事情告訴我們，明顯地要求助？），他向我望了一眼，又向良辰美景望去，良辰美景也搖了搖頭，胡說嘆了一聲：「從來都是躲容易，找困難。有句古話說：一人藏，十人找！」

白老大吸了一口氣，最後向白素望去，自然是想聽聽白素的意見。

在這之前，由於白素一直沒有說過什麼，所以我也早在留意她的神情，我看到她像是對於白老大必然失敗的結論，表示不很同意。

果然，白老大才向她看了一眼，她就道：「爸，你用的方法不對！」

白老大一聽，大是高興，他自然知道自己這個女兒，足智多謀，非同小可，而且她也真的希望自己可以打贏這場賭，所以忙道：「應該怎麼樣？」

白素一側頭，笑：「兵法之中，有『用間』一條，你怎麼忘了？」

白老大苦笑：「我怎麼會忘？沒有上船之前，我已經買通了那個二級管事，可是他什麼情報也沒有提供——我相信他是真的不知道！」

白素搖頭：「二級管事地位太低，我相信，知道哈山行藏的人極少，但是船長一定是其中之一！」

白老大叫了起來：「船長怎麼肯給人收買？哈山是船公司的老闆，要什麼樣的價錢，才能收買得了船長，我想是想過了，可是代價太高，未免不划算！」

白老大叫得十分憤然，白素卻十分泰然：「羊毛出在羊身上！」

白老大一怔，我也一怔，幾個年輕人顯然一時之間，還沒有會過意來，可是我和白老大，在一怔之後，立時明白了白素的意思，兩人不約而同，一起縱聲大笑起來。接着，溫寶裕他們也明白了。

白素的意思再明白不過——羊毛出在羊身上，白老大要是贏了這場打賭，這條大船就是他的，他可以隨意處置，那麼，就算送一半給人，也還是十分划算。這條船的船長，雖然薪水高，但怎麼樣也不容易抵受一億英鎊誘惑！

我一面笑，一面伸手指向白素，一方面是說她的主意高妙，另一方面，也略有指摘之意。因為收買一個人，使這個人做出背叛的行為，這種事，無論如何，總不能算是太高尚。

白素自然也明白這一點，若不是為白老大，她一定不會出此下策。

白素現出了一個頑皮的神情，偷偷向白老大指了一指。那自然是在為她自己辯護，說全是為了白老大。

我止住了笑聲，嘆了一下，因為這時，我看到一個身形高大、穿着船長制服的中年人，正在另外兩個高級船員的陪同之下，向我們走了過來。那自然是船長接到了報告，知道白老大開船來了，所以來歡迎的。

船長看來貌相威武，十分穩重，是一個可以信任的人。可是我知道，他將會在一億英鎊的引誘之下，作痛苦的抉擇，結果幾乎可想而知，他原來平靜滿足的生活，可能就此改觀。

而這一切，只是為了打賭。

一想到這裏，我幾乎想要制止這件事的進行，可是已經遲了，白老大已呵呵笑着，迎了上去，當船長伸手要向他行禮之時，他十分親熱地一下子握住了船長的手，懇切地道：「我們是朋友，別來這一套，來來來，介紹幾個人給你！」白老大替我們一一引見，自然免不了客套一番，船長十分有誠意地邀請我們進餐，可是我始終有不舒服的感覺，所以也不理別人的反應如何，一口拒絕，說是「還有十分重要的事等着做。」

當我這樣說的時候，白素連看也不曾看我一眼，態度自然之至。白老大卻瞪了我一眼，他自然知道我是為什麼不高興。

可是溫寶裕和良辰美景，在我拒絕的同時，就已經一起叫了起來：「好啊！」

於是，在船上略作逗留之後，我和白素先離去，上了岸之後，白素才打破了沉默：「船長是一個誠實人，知道自己應該怎麼做！」

我苦笑了一下：「他可能本來是一個十分正直的人，也可能哈山先生對他很有恩惠，當然哈山十分信任他，而他卻將會出賣哈山先生！」

白素揚了揚眉道：「如果他本來真是那麼正直，他就不會出賣哈山！」

我有點惱怒：「每一個人都有價錢，何必用高價去試驗別人，叫這個人出賣自己！」

我和白素，很少有意見上的分歧，白素看來並不像是在和我爭論，她只是淡淡地道：「本來完全是遊戲，別把事情看得那麼重要。船長答應了，他獲得了巨額的金錢，他若是不答應，一定在這件事中，可以得到極多的自我滿足，又有什麼不好？」

我也不想再爭下去，所以笑了笑：「別找那麼多理由了，反正你只是想令老人家高興一下！」

白素嘴角向上微翹：「難道不應該嗎？」

我攤了攤手，表示無話可說。回到家裏之後，也就沒有再將這件事放在心上，當天晚上，溫寶裕他們，興高采烈地來到，顯然他們在船上，玩得十分高興。

溫寶裕一進門就大聲叫嚷：「乖乖不得了，白老爺子說他贏了這條船，就送給我們！」

這一次，連胡說也掩不住興奮的神情。良辰美景更是嘻嘻咯咯，說個不停，由於他們說話的速度十分快，所以根本不知道他們在說什麼。

我心中苦笑了一下，這幾個小傢伙，本來已經夠胡鬧的了，現在又有白老大這樣的超級大亨撐腰，還有不翻天覆地的嗎？

我冷冷地道：「不是先要給船長分一半去嗎？」

溫寶裕一聽，非但自己立時不出聲，而且還向別人打眼色，叫別人也不要說話。他這種鬼頭鬼腦的行徑，怎瞞得過我的法眼，我立時伸手向他一指：「老爺子收買船長的經過如何，從實招來！」

溫寶裕忙豎起三隻手指：「真的不知道，這種事，白老爺子怎麼會當眾進行；自然在只有天知地知的情形之下，秘密進行！」

我盯着他，並不說什麼，溫寶裕在做了幾個無意義的動作，仍然不能避開我目光之後，他嘆了一聲：「老爺子和我們，灌了船長不少酒，船長在酒後，老是望着老爺子古裏古怪地笑，顯然他心中有秘密，也知道老爺子亟想知道這個秘密，所以才會有這種神情！」

良辰美景道：「老爺子真沉得住氣，假裝看不見，可是我相信，我們一走，他們就會各表心事，這上下，只怕交易已經成功了！」

胡說道：「老爺子答應我們，不論他的行動是否成功，都會立刻通知我們。」

胡說的話才一出口，電話就響了起來，我拿起電話，就聽到了白老大得意非凡的「呵呵」笑聲，我心中暗叫了一聲：好快見功！

我「嗯」了一聲：「四個小傢伙才回來。」

白老大道：「告訴他們，船長已經答應了！」溫寶裕他們，都聽到了白老大的聲音，都歡呼了起來，溫寶裕大聲問：「哈山躲在什麼地方？連你花了那麼多天，也找不到他。」

白老大再道：「小鬼頭自己動動腦筋，哪有便宜叫你佔盡的事？」

溫寶裕與良辰美景一起叫了起來：「那不公平，老爺子你自己也想不出來！」

白老大仍然笑着，可知他此際，心情快樂之至：「太公平了，我是老頭子，你們個個年輕，腦筋應該比老人家好，該自己去想想！」

溫寶裕急得搔耳撓腮，良辰美景也掀起了嘴，我道：「你知道了哈山躲藏的地方，不要立刻去找他出來，因為你才和船長長時間在一起，人家會懷疑是船長出賣了他！」

白老大笑聲不絕：「我的確不打算立刻去把他拉出來，遊戲還可以玩下去，可是那不是為了怕船長被人懷疑，因為若是能找到哈山，沒有船長的泄露消息，幾乎沒有可能！所以是船長告密，哈山一定知道，船長自己也知道這一點。」我喚了一聲，興高采烈的白老大顯然沒有注意，繼續在說：「準備到最後一分鐘，讓哈山以為自己已經贏定了，才突然把他找出來。」

白素忙道：「爸，這不必了吧，你們是好朋友嗎？何必得那樣子？」

白老大笑：「不要緊，哈山玩得起的！而且，也不能早找出來，哈山一怒之下，一定開除船長，航程沒有結束，開除了船長，那是不吉祥的！」

他說到這裏，在大笑聲中，結束了這次通話。我放下電話，苦笑了一下：「哈山一定十分傷心信錯了人——這件故事教訓我們，不要亂信人！」

溫寶裕狂笑：「這裏的所有人，我相信都不會為了任何利益而出賣人，船長本身有問題，物必先腐，而後蟲生！不關我們的事。」

我勉強笑了一下，自然不想爭論下去。

白素看來是為了想氣氛緩和一些，她道：「哈山究竟用什麼方法躲藏起來的，倒很值得想一想，隱蔽到了若不是船長泄露了秘密，就簡直無法找得到的地步，這其中一定有十分有趣的秘密在！」

白素的話，引起了附和，大家七嘴八舌地猜了起來，溫寶裕仍然堅持他的魔術障眼法的說法。我聽了一會，向樓上走去，走到了一半，我陡地想起一些事來，不禁發出了「啊」地一聲，轉頭而下看去，看到在一片熱鬧之中，白素側着頭，也正在想什麼，緊蹙着眉，我叫了她一聲，她抬起了頭來。

我道：「素，事情有點不對頭！」

白素點頭：「是，我也才想到了！」

正在講話的人，聽得我們這樣說，都靜了下來，我道：「哈山不是笨人，一定想得到老爺子終於會去收買船長，他不可能不預作準備，老爺子的收買過程太容易了，就可能有詐！」

白素也向樓梯上走來，我們就停在樓梯的當中，開始討論。我舉起了手，表示我在剎那間想到了很多，讓我先發表意見：「有兩個可能，一是和躲藏的哈山有聯絡的不是船長，船長根本不知道哈山在何處！」溫寶裕首先表示不同意：「船長說了哈山藏匿的情形，一定妙到極點，所以老爺子才相信了的。」

我望向小寶，小寶在樓下，昂頭望着我，雖然他經歷不算少，但臉上還是有幾分稚氣。我道：「哈山可能有兩個躲藏的方案，他使用了甲方案，把乙方案告訴船長，並且告訴船長，有收買他的時候，就把乙方案說出來——這一來，老爺子就輸定了，到了最後一分鐘，他以為勝券在握，結果卻反而一敗塗地，哈山再出現，老人家不知是不是受得起這個刺激？」

我這一番話，說得白素也大是緊張，她忙道：「糟！快通知他！」

我揮了揮手：「不急，可以先討論得最好，船長可能只知道用來騙人的乙方案，那麼，真正知道哈山躲藏的方法的，應該是什麼人？」

胡說的聲音，也一反平日的穩重，顯得有點遲疑：「大副？提議老爺子去試一試大副？」

良辰美景道：「不會是高級船員，要是，為什麼不乾脆找船長，也不會是低級船員，中級船員的可能性最高！」

溫寶裕翻了翻眼：「說了等於沒說，中級船員也至少有兩百多人，總不能對每一個人都作一番試探。」

白素嘆了一聲：「這樣討論下去，不會有結果，老人家的好勝心十分強烈，要是用了種種手段，仍然輸了，只怕會令得他的晚年生活，悒悒不歡！」

白素在這樣說的時候，憂形於色，我握了握她的手，發現她手冰涼——這令我嚇了一大跳，感到事態十分嚴重，如果她不是真的擔心，也不會這樣。

我和她幾乎同時開口：「我有一個計劃！」

我只作了一個手勢，表示請她先說，白素笑了一下：「我想我們的計劃是一樣的，船不是要到午夜才開嗎？有足夠的時間給我混上船去，在船上利用剩下來的日子，把哈山找出來！」

我「啊哈」一聲：「不錯，山人正有此意，我們好久沒有一起行動了！」

白素側頭看了一會：「上船之後，我們分頭行事，一有發現，不必自己出手，立刻通知老爺子。當然，上船後先要和老人家聯絡，那就立時可以揭穿船長的話，是真還是假！」

良辰美景和溫寶裕胡說聽我和白素定下了這樣的計劃，都躍躍欲試，但是那要離開一個月左右，他們都沒有這個可能，只好作罷。

我和白素示意他們離去，就開始準備，所要準備的只是徹底改變我們的容貌——要做到這一點，十分容易，難的是我和白素，都必須變成樣貌十分普通，看上幾十次，也不容易給人留下印象的那種人。

因為船在海上航行已有相當時日，船員和搭客之間，都已有了一定程度的熟悉，如果忽然多了兩個礙眼的陌生人，很難不暴露身分。

我們要在上船之後，盡量保持秘密，只讓白老大一個人知道我們上了船。不然，就算把哈山找了出來，哈山只怕也會用手指刮臉皮，笑白老大靠別人的幫助，才能成功，十分「鴨屎臭」（不光彩）。

所以，這一點，花了我們大約一小時左右，完成之後，我們互相一看，不禁哈哈大笑。白素扮成了一個中年婦女，絕不起眼，可以把她放在任何地方，而不會有人注意她。我自然也有那麼普通就扮得多普通——在未來的十七八天之中，我們就要以這樣的面目在那艘大郵船上活動，把躲藏得十分嚴密的哈山找出來。

然後，又帶了一些行動時必要使用的小工具，真正有用處的工具，相信白老大早已配備齊全，反正我們一到就可以和他會合，自然可以一起使用。

我們在午夜前到達碼頭，輕易上了船，先在又寬敞又豪華的休息室之中，看到白老大的身邊圍了不少人，正在聽他高談闊論，白老大啣着煙斗，喝着美酒，神采飛揚，可見心中十分高興。

白素先過去，到了他的身後，白老大多少年來的江湖冒險生涯，使得他十分敏感，一有人接近，立刻就知道，抬頭向白素望了一眼。

這一下子，我真的佩服他的目光犀利，白素的化妝技巧極高，但還是給他一下就看了出來。他事後說：「我只是看出了這個人經過化妝，但是卻認不出那是什麼人。」

他一看到了有一個經過精心化妝的人到了他的身邊，自然大是不滿，兩道銀眉，向上一揚，不怒而威，氣派一流。

白素連忙低聲說了一句話，自然是說明了自己的身分，白老大聳起了的雙眉，緩緩落了下來。在這些過程之中，他一直沒有停止講話，忽然，他打了一個哈哈：「今天就說到這裏為止了！」

他說着，就站了起來，直到這時，他才向我站立的地方，看了一眼，一面和人打着招呼，一面向前走着，我和白素，跟在他的後面，和他一起進入了他的房間。

白老大在船上的房間，是船上設備最豪華的套房，一進了房間，白老大把門關上，略有不愉之色：「我已經贏定了，你們進來作什麼？」

白素立即把我們在收到了他電話之後，所作的推測，告訴了他，白老大用力在腿上一拍：「說得是，真可能陰溝裏翻了船……」

我忙問：「船長怎麼說？」

白老大道：「船長說，哈山躲在蒸氣房中，那是船上用來高溫消毒的地方，所有需要消毒的東西，都經由這高溫蒸氣室處理，蒸氣室中全是高溫形成的水蒸氣，二十四小時不斷。我也曾去看過，根本看不清裏面的情形，但考慮到人根本不可能在那樣的高溫下生活，也就放棄了沒有追究下去。」

白老大說到這裏，用力吸了一口煙，吸得煙斗滋滋直響，他徐徐噴煙出來：「船長說，他在蒸氣室中做了手腳，用防高熱的材料，闢出了一間小室，再備上最好的空氣調節系統。你想想，要不是船長這樣說，誰會想得到雲霧騰騰的蒸氣室中會藏着人！」

我嘆了一聲：「老爺子，船長的話，有十分明顯的漏洞：蒸氣室二十四小時不斷操作，也就是說，哈山進了那小空間之後，不能出來！」

白老大「啊」地一聲：「是啊，他無法通過高溫的蒸氣，他也不至於肯委屈自己在那密封的小空間中，過上八十天，我上當了！」

他説着，現出十分憤怒的神情，來回踱了幾步，大聲道：「夫把船長找來！」

這時，已經是午夜，到了船要啟航的時分，氣笛聲響個不絕。白素道：「等一會不遲，船正啟航，船長不能離開他的崗位。」

白老大想想也是，就坐了下來：「這傢伙，很會做戲，我提出可以把這條船分給他一半，他那種又驚又喜，連酒都醒了八分的樣子，描也描不出，誰知道全是在做作！我也就沒好好想一想，八十天，若是哈山躲在那小空間不出來，光是排泄物的臭味，就把他臭死了，怎受得了？」

我道：「除非他另外有處置的方法，或是通過靠蒸氣房的外牆，用管子把穢物弄走。不過也真虧他，這樣悶上八十天，怎麼受得了？」

白素坐着，悠然晃着腿：「或許他想到悶上八十天，可以有八十天故事聽，也就忍得下去！」

我打了兩個乾哈哈，白老大已經在電腦資料中，找到了那蒸氣房的所在，蒸氣房在廚房的隔壁，由於許多要消毒的物件，都是廚房用品之故，所以有輸送帶，直通蒸氣室。蒸氣室的一邊，是另外一組輸送帶，輸送牀單、毛巾等需要高溫消毒的物品，全部消毒物品，都經過輸送帶自動傳送，操作的工人，根本不必進入蒸氣室。

蒸氣室的下層，是鍋爐房——巨大無比的輪船的動力中心，產生的巨大熱力，是蒸氣室能量的來源，有不少管子把熱力輸送進蒸氣室去，維持蒸氣室的高溫。蒸氣室的上面，是男賓專用的公共浴室。

我看了一會，發表自己的意見：「在蒸氣室中加建隔熱的空間，也可以打通通道，在有需要的時候離開。我估計他多少也會弄些滑頭，例如化了裝出來活動，叫你認不出他來！

白老大怒道：「講好了不能化裝的！」

我沉聲道：「把賭注的一半去行賄，只怕也有點不合規矩！」

白老大悶哼一聲，沒有說什麼，白素向我使了一個眼色，示意我不必多廢話，我笑了起來，船長沒有空，就算他下了命令，停止蒸氣室的操作，要使蒸氣消盡，人可以進去，只怕也要數天，不如去找一找是不是有秘密通道的好，我想極可能是在公共浴池的池水之下，採用潛艇的壓力艙的辦法——哈山如果想出來，從浴池水底冒上來，當真是神不知鬼不覺！」

白老大又好氣又好笑：「這傢伙，孵混堂孵成這樣子！」（上海人叫公共浴池叫「混堂」，上公共浴室洗澡，叫「孵混堂」。）

白素搖頭：「我們不是假設船長提供的是假情報嗎？怎麼說着說着，就當真了呢？」

我笑：「因為躲在蒸氣室的設想很好！很有『雲深不知處』的味道，大有唐詩風韻。」

白老大笑道：「先去看看實地的情形！」

白素有點意外：「你真沉得住氣，還沒有去看過？」

白老大一翻眼，大有嫌白素的話不中聽之意，我不禁吐了吐舌頭，老人家的脾氣不是十分好，說話真得小心一些才好。

我們先離開白老大的房間，等白老大出來了，我們就跟在他的後面。白老大對船上的一切，再熟不過，一道來到了蒸氣房前，蒸氣房有巨幅的玻璃牆，可以看到裏面水氣瀰漫的情形，許多在消毒的物品，在傳送帶上移動，一切操作都自動化。

努力看去，好像在左、右兩個角落處，都有突出處，可能是建出來的小空間，如果哈山真是躲在那種小空間中，那可真是難為了他！

然後，我們又到和蒸氣房相鄰的幾處地方，轉了一轉，我和白老大在走進公共浴室時，對那個大浴池看了一眼，白老大呵呵大笑：「哈山在上海長大，一直十分喜歡孵混堂，認為是一大享受，所以在大郵輪中，也弄了那麼大的一個浴池！」

公共浴池確然是中國的特產，也是生活享受之一，一些繁華的地方，如揚州、蘇州，當地閒散的居民，都有「上午皮包水」（喝茶）、「下午水包皮」（入浴）的生活習慣！

這時，船已經離開了碼頭，在緩緩航行，這時，船長自然仍然是最忙的時候，我們閒蹓到了甲板上，看着大船漸漸離開城市，然後，就在白老大的帶領之下，到了高級船員休息室。

好在這些日子來，白老大的身邊都有人跟着，所以我們和他在一起，不會特別礙眼。

在高級船員休息室中，船長有一間單獨的會客室，白老大逕自推門走進去，還對一個年輕的船員道：「請去告訴船長，一可以離開崗位，立刻到這裏來，我在這裏等他，有重要的事！」

年輕船員顯然知道白老大的身分，喏喏連聲，小步跑了開去。

白老大對這個小會客室竟也很熟，打開了酒櫃，笑着說：「船上很有點好酒，不必替他節省！」我和他各人一杯在手，大約只等了二十分鐘左右，門推開，船長走了進來。

我不是第一次見到這位船長，他身形高大，神情威嚴，這時，他一進來，看到除了白老大之外，還有兩個陌生人在，就嚇了一跳，現出十分古怪的神情。我心中想，一個人若是做了虧心事，就會有這種神情，這種神情，如果要假裝，倒十分困難。

白老大向我和白素指了一指：「不必理他們，我問你，你告訴我的一切，全是真的？」

船長忙豎起三隻手指來，神情發急：「自然是真的！」

白老大目光淩厲：「不是你和哈山老頭子勾結了來騙我上當的？」

船長大是委曲：「白先生，如果有勾結，那就是你和我的勾結，如果你不相信我，怎麼合作，你的承諾，難道只是兒戲？」

他急急說着，呼吸粗重，漲紅了臉，倒了一杯酒，一口喝乾。

白老大沉聲道：「我的承諾當然有效，只要哈山真的在那裏！」

船長深深地吸了一口氣：「我可以下令，蒸氣房停止操作，加強抽氣扇的運作，一小時之後，人就可以進去，哈山先生在右角加建的那個小空間之中，這是立刻可以實現的事。」

白老大點頭：「好，你這就去下令。」

船長一點也沒有猶豫，就動用了他隨身攜帶的通話儀，下達了命令。

我和白素互望了一眼，心中十分疑惑，白老大只瞪了我們一眼，大有嫌我們多事之意。

這時，我心中也大惑不解：難道船長所說是真的，哈山真是躲在那個地方？看船長的行動，如果他在說謊，這時哪裏還會那麼鎮定？至多兩三小時，就要見真章的！

白素皺着眉，不出聲，我略欠了欠身子，忍不住問：「船長，請問在那個加建的小空間中，哈山先生如何活動，他的飲食問題怎麼解決？排泄問題又怎麼解決？還是有什麼暗道可以離開那個小空間？」

我一口氣問了很多問題，一開口，船長就用十分警惕的神情望着我，等我問完，他並不回答，只是向白老大望去，白老大不耐煩地一揮手：「這是我的一個朋友，生性好奇，又不相信事實！」

白老大這樣說，令我十分尷尬，因為他分明表示他已經知道哈山在什麼地方，本來好好地計劃好了，到最後一分鐘，才把哈山「拎出來」，可能他早已設想了好多遍那一剎間的快樂，決定在什麼樣的轟笑聲中，大踏步跨進蒸氣房。

可是，我的懷疑，卻令他的打算無法實行，還得要提前把哈山找出來，這無疑是減少了他許多打賭勝利的樂趣。

他這樣對船長說，是在暗示我這個人，根本可以不理，自然也不必回答我的問題。

事後相當久，有一次又談起這件事，我問白老大：「當時你對哈山如何在那小空間中生存八十天，難道一點好奇心都沒有？」

白老大卻一瞪眼：「哈山總有安排的，關心這個幹什麼，老實說，當時你也只是好奇，並沒有想到整件事的關鍵就在這上頭。」

我點頭：「是的，我只是好奇，可是我認為，許多許多神秘事件，終於可以探出真相來，正是由於一念而來的好奇開始的。」

白老大沒有再說什麼，大約是在想當時的情形。當時，船長得到了白老大的暗示，本來是可以不必回答我的問題的，可是多半是由於他自己也十分好奇，所以他又向我望來，神情十分疑惑：「不知道，我也不知道，哈山先生的行為很怪——」

他說到這裏，陡然停了下來，一副說漏了嘴的樣子，神情十分惶恐，眼珠亂轉，我冷笑了一聲：「你已泄露了哈山先生最大的秘密，再說點枝節問題，也不算是什麼大事了！」

船長笑得十分勉強：「白先生的條件十分好，我想任何人都會答應的！」

白老大悶哼了一聲，揚起手來，向我作了一個手勢，示意我不要再難為船長。我和白素上船來，還經過了精心的化裝，本來，我們一心認定白老大上了當——如果是白老大上了當，那麼叫船長來一問，船長一定會「哈哈」大笑，說他根本不知道哈山在什麼地方，或者是知道了他也不會說，等等。

如今船長已下令停止蒸氣室的操作，可知哈山真是躲在那地方，不必我們在船上到處找尋，化裝自然是多餘的了。而在船長吞吞吐吐的話中，哈山彷彿還有十分古怪的行徑，那使我好奇心大增，自然要趁機問個究竟。

我奇道：「船長，請你把一切經過告訴我們，反正等候進入蒸氣室，還需要一段時間。」

船長的神色有些猶豫不決，白老大這時，也生了好奇心，他道：「你把經過情形說說也好。」

船長又考慮了一會，才道：「哈山先生曾對我千叮萬囑，叫我絕不能把看到的情形告訴任何人，甚至連自己也最好不要想！」

我聽到這種話，更是大奇，幾句諷刺他的話，已要衝口而出，但還是忍了一忍，在這時候，船長已經自己說了出來：「你們一定在想，我連他躲在什麼地方都說了，還有什麼不能說的？」

我們都不出聲，等他自己來解答這個問題，他苦笑了一下：「自然，哈山先生也曾叮囑我萬萬不能透露他藏身之所，可是卻沒有……那麼嚴重，所以使我感到，如果說那些經過，就更違背他的意思！」

船長還在一本正經說這種話，這一次，連白老大也忍不住了，冷冷地道：「那麼，你是不是要我把另外半條船給你，你才肯說？」

船長一下子站了起來，漲紅了臉，樣子十分惱怒，指着白老大，聲音有點啞：「你……用那麼巨大的利益來引誘我，現在又來嘲笑我？」白老大沉着臉，只是冷冷的望着他，船長指着白老大的手，慢慢垂了下來，毫無意義地揮動了幾下，臉色也漸漸變得蒼白。

我在心中暗嘆了一聲，心想船長雖然接受了白老大的條件，但是心中一定十分內疚，所以才會如此敏感，只怕他在收到了半條船之後，也不會快樂，因為他辜負了別人的信任，做了對不起別人的事！

也多半由於這個原因，船長雖然發怒，可是也沒有法子堅持下去，他來回踱了幾步，又大口喝了幾口酒，喝得太急了一些，口角全是酒，他用手背把酒抹去，又咳嗽了幾聲：「那次船在靠岸之後，哈山先生照例宴請高級船員，在宴會之後，他單獨和我會面，說起了打賭之事。」

白老大並不看向他，我和白素則專注地聽着，船長又喝了一口酒。然後，竟是長時間的沉默，我性子急，白老大也未見得好脾氣，可是我們卻沒有催他，因為船長這時的神情，十分古怪。

他看來十分茫然，像是正在思索一個十分難以想像的問題，眉心打着結，眼神散亂，非但一聲不出，而且一口一口，不住喝着酒。可能他的酒量十分好，但這樣一直喝下去，也必然會爛醉如泥。

看起來，他不知有多麼巨大的心事，壓得他現出這一激情，叫人不忍心去催他。

反倒是白素先開口，她用十分溫柔的聲音問：「船長，可是有什麼困難？」

船長陡然震動了一下，視線總算比較集中，他長嘆了一聲：「能夠不說，還是不說了吧！我已經對不起他，累得他賭輸掉了！」

白老大大是訝異：「嘿，這老頭子，難道還有什麼見不得人的事？」

船長也嘆了一聲：「反正就可以見到哈山先生了，如果事情可以說的話，問哈山先生本人，總比由我口中說出來的好！」

船長的態度，在忽然之間變成了這樣子，真是大大出乎意料之外，他說事情很奇怪，又已經說了一個開頭，可是卻又不說了，用上海話來說，那真是「吊胃口」至於極點了！

白老大圓睜雙眼，盯着他看，船長偏過頭去，避開了他的眼光，看樣子，白老大就算提出另外半條船也歸他，他也不會說了。

僵持了一會，船長才道：「白先生有通行全船的權利，可是進入蒸氣室，雖然哈山先生遲早會知道是我泄露了秘密，但遲一點總比早一點好，而且……我也實在沒有面目去見他！」

船長說到最後一句話的時候，聲音甚至有點哽咽，我伸手在他的肩頭上拍了拍，安慰道：「他們打賭，不是什麼大事，你不必太認真，一艘船，哈山先生不在乎，對你來說，代表了許多許多，不要太責怪自己了。」

船長望了我好一會，神情十分感動，不過他顯然沒有認出我是誰來。

他連聲道：「謝謝我，對了，那個……哈山先生存身的地方，根本沒有什麼暗道，你剛才問的那些問題，我沒有法子回答你，因為我也不知道！」

我心中本來已經夠疑惑的了，這時他又提了一提，更是令我心癢難熬，可是看他的神情，我問了他也不會說，只好忍了下來。

白老大用力一揮手，已大踏步走了出去，我和白素忙跟在後面。我低聲道：「兩個老人在這種情形下相見，不知會怎麼樣？」

白素略皺了皺眉，沒有回答，過了一會，才道：「恐怕事情不會那麼簡單。」

我揚了揚眉，白素補充：「船長要講未講的事，似乎很有關係！」

白素的思路十分縝密，她這時這樣說，雖然只是一種感覺，沒有什麼依據，可是我也感到船長的態度十分可疑。我們低聲交談，走在前面的白老大也聽到了，他「哼」地一聲：「船長是故作神秘！沒有什麼大不了，問哈山，他一定什麼都肯說！」

白老大信心十足，我們自然不便再說什麼。沒多久，又來到蒸氣房外，這時，早已停止了蒸氣的輸送，殘留在房中的蒸氣，在強力抽氣扇的作用之下，也正在迅速減弱，和剛才雲霧濛濛的情形，大不相同，幾個船員正在門口恭候，溫度計顯示，房中的溫度還是十分高，不適宜在這時候就進去。

就算暫時不能進去，蒸氣房的情形，隔着玻璃，也可以看得十分清楚，在右邊那個角落處，有着加建出來的部分，看起來，只有兩公尺見方，高度和蒸氣房一樣，也不過三公尺。

那麼小的一個空間，哈山多少年來養尊處優慣了的人，竟可以在裏面躲藏幾十天，只是為了要贏這場打賭？難道我八十天講故事給他聽那麼重要？看來當然不是，只是為了要爭一口氣！

（「爭一口氣」這種行為，在地球生物之中，肯定只有人會有。許許多多大大小小的紛爭，都由莫名其妙的爭一口氣引發，人類行為之幼稚，有時，真的超乎想像之外！）

（而人自稱「萬物之靈」！）

白老大顯然也有同感；他叫了起來：「要死了，老頭子竟然把自己關在一隻大冰箱裏面。」

他把那個空間形容為「大冰箱」，倒真是十分恰當，那部分由於在角落處，可以看到的兩面，看來是不鏽鋼，有一面，有一扇門，那門也像是小型冷藏庫的那種門，所以說那一具大冰箱，也十分近似。

我望着那角落，心中愈來愈疑惑，從外表來看，空間是如此之小，而且，必然要有隔熱裝置，空氣調節裝置，等等，又要佔據不少空間，哈山在裏面，可能躺下來，已經算很不錯了——除非那只是一個進口處，一進去，可以通到別地方去，不然，真是沒有法子可以在裏面躲那麼久的。

我也看出，白老大和白素心中，有着同樣的疑惑，船員不知我們想做什麼，我在白老大身邊低聲說了幾句，白老大問：「哪一位負責蒸氣房？」

一個半禿的中年人大聲答應：「我，三級管事。」

白老大向我作了一個手勢，示意我發問。我問：「你在船上服務多久了？」

管事的神態很恭敬：「船一下水，我就在船上，一直負責蒸氣房的工作。」

我指着那一個角落：「這一部分是加建出來的？」

管家的神情也十分疑惑：「不能說加建，是……一隻恰好可以放進角落的大箱子，運來之後，放在那地方的。」

我作了一個手勢：「你不知道這樣做有什麼作用？」

管事搖頭：「我不知道，船長親自指揮的，並且吩咐我不要多問。」

我們互望了一眼，顯然是哈山在外面先造好了，再運進來的，那樣做，當然比在船上進行加建工作簡單得多了。我又問：「你可曾打開來看過？」

管事苦笑了一下：「事情很奇怪，我也難免有好奇心，可是……當蒸氣還沒有輸送進來之前，我曾拉了一下門，可是不開，船長曾嚴格吩咐過，所以我不能有進一步的行動。」

我又再問：「船一啟航，蒸氣就輸入，二十四小時不斷，一直到這次航行結束？」

管事連連點頭，我向白素和白老大說：「沒有人可以通過高溫的蒸氣，如果哈山在裏面，他現在還在。」

白素忽然表示了她的憂慮：「要是那門在裏面上鎖，外面就打不開。」

白老大道：「我拍打箱子，表示已找到了他，哈山也不好意思再賴皮在裏面不出來！」

我則道：「要是『箱子』有防熱設備，只怕也能隔聲。」

白老大縱笑：「那就用燒焊器，把門燒開來！」我們用上海話交談，在一旁的船員，自然都不知我們在說些什麼。

等到蒸氣房中的溫度，降低到人可以進去的時候，已經又過去了一小時，管事打開了門，還是有一股暖氣，撲臉而來，白老大一馬當先走在前面，我和白素都在進門後就不再向前，幾個船員則留在門口。

這樣的情形，白老大一打開門，看起來，就是他獨力發現哈山藏身之所的了。

白老大來到那大箱子之前，先雙手按在箱子上，用力撼了幾下，他的氣力再大，自然也撼不動絲毫，他試着去拉門，一連幾下，也沒有把門打開，他就用力拍打着，叫：「找到了，快自己出來！」

他手掌十分有力，可是拍上去，所發出的聲音，相當啞，這證明我的設想是對的，這大箱子每一面都一定有十分厚的隔熱裝置，白老大拍打的聲音，可能根本傳不進去，他的叫嚷聲，躲在箱子中的人，自然也聽不見。

白老大像是也想到了這一點，轉過身來叫：「給我一根鐵棒什麼的！」

那個管事看到白老大的行動，已經驚駭莫名，手足無措，等白老大這樣一叫，他語帶哭音地叫：「白先生，你想幹什麼？」

白老大的回答是：「我可以有權在船上做任何事，這是船長的命令！」

管事看來四十歲左右，可以肯定，他一生平平穩穩，幾時曾見過白老大這樣無法無天的人過？我在他身邊推了一下：「快去找一根金屬棒來！」

管事連聲答應，奔了開去，我也走近那大箱子，從那門上的門柄看來，就算門從裏面鎖上，鎖也不會太複雜，多半只是扣上就算。

不一會，管事就提着一根鐵棒，奔了過來，那是一枝專撬東西的鐵棒，倒大是合用。白老大一把搶一過來。先連敲了二三十下。

鐵棒敲在大箱子上發出的「噹噹」聲，相當響亮，應該可以令裏面的人聽到。

但是，在白老大停手之後，門卻一點也沒有打開的迹象，白老大悶哼一聲：「悶死在裏面了？」

他說的是氣話，可是他說的話，卻十分可怕，哈山年紀不輕，這箱子內的「生活環境」，必然差至極矣，就不定早已有意外發生了！

一想到這一點，我自白老大的手中，接過鐵棒來，把尖鋭的一端，捅開門縫，門縫很緊，捅不進去，白老大回頭喝：「別站着，把一切能打開門的工具全拿來，還有，通知船長來！」白老大還真有威嚴，他一呼喝，答應的人，至少三五個人之多，雖然說不上一呼百諾，但也算是很有氣派的了。在「所有可以打開門」的工具還沒有拿來之前，船長先氣急敗壞地趕了來，在白老大面前，又打手勢又頓腳，急速地說着話，一面還抹着汗。

白老大聲色俱厲，指着那大箱子的門，盯着船長，船長連連點頭。白老大問：「你看他進去的？」

船長呆了一呆：「這……倒沒有。」

白老大揚起手來，神情極怒，滿頭白髮，像是有風扇在吹一樣，我一看這情形，老人家真是動了氣，別看船長身形高大，白老大要是在盛怒之下，出手重了些，一掌過去，船長可能要在醫院中躺幾個月！

所以我立時一個箭步竄向前去，攔在白老大和船長之間。

這一來，總算令白老大那一掌沒有發出來，可是白老大卻一伸手，把我撥了開去，仍然面對着船長，我和白素這時同時道：「有話慢慢說！」

也難怪白老大生氣——船長告訴他，哈山躲在這個大箱子之中，可是這時又說，他並沒有親眼看哈山進箱子去，從那箱子的大小來看，哈山根本沒有可能躲在裏面好幾十天。白老大不是被愚弄了嗎？

船長更是着急：「這怎麼是好！白先生，你這樣鬧法，哈山先生一定知道是我泄露了機密，唉，這……怎麼好，不是講好不要我在場的嗎？」

白老大「哼」地一聲：「閉上你的鳥嘴，你這蠢豬！」

船長可能不明白為什麼要是「鳥嘴」，可是「蠢豬」他總是懂的，他漲紅了臉站直了身子，十分鄭重地抗議：「白老大，雖然你給我巨大利益的許諾，可是那並不表示你可以任意侮辱我！」

白老大搖了搖頭，嘆了一口氣，剎那之間，他變得十分疲倦，他道：「我沒有侮辱你，船長先生！」

船長可能一時之間不明白他那麼說是什麼意思，所以只是眨着眼。

這時候，幾個船員已經搬着、抬着許多工具前來，各種各樣都有，等候白老大的進一步的指示，白老大一揮手：「你們設法把大箱子的門打開來，用什麼方法都可以，打開門之後再通知我！」

他說完了那幾句話之後，轉身就走，船長忙跟在後面，我和白素也一起跟了上去，白素和我手拖着手，白素的眼神在問我：「怎麼辦？」

白老大不再在蒸氣房中逗留，自然是他也知道，哈山不會在那大箱子之中，他的打賭輸定了！所以十分生氣，情緒也低落，這一點，可以從他忽然之間現出極疲倦的神態上可以看得出來。

要改變這情形，唯一的方法，就是把哈山找出來，但是那又豈是說辦就辦得到的事？

我想了一想，向急急跟在白老大身後，正向他在解釋什麼的船長指了一指：「先從他哪裏着手？」

白素苦笑：「有用嗎？船長是哈山的一隻棋子，不是爸受了他的愚弄，而是他受了哈山的愚弄。」

我吸了一口氣：「聽聽哈山愚弄他的過程，或者可以有新的線索發現。」

白素知道這是沒有辦法中的辦法，所以十分勉強地點了點頭。

不一會，進了白老大的房間之中，白老大倏然轉身，立時吼叫起來：「說！」

船長哭喪着臉：「說什麼啊？」

我作了一個手勢：「說說哈山先生把秘密告訴你的經過情形！」

船長可能受不了一連串變故所帶來的刺激，拿起一瓶酒來，打開瓶蓋，咕嘟咕嘟就喝了兩大口酒，然後抹了抹唇：「哈山先生告訴我的，打賭，他要躲起來，他說，他有一個十分特別的……容器，人在裏面可以躲很久，要搬到船上來，問我放在什麼地方好，我提了幾處地方，他都不滿意，後來，他自己選擇了蒸氣室。」

白老大悶哼一聲：「他還告訴你，要是我來問你，你就告訴我，他躲在那個大箱子中！」

船長又漲紅了臉：「沒有！他相信我，根本沒有預料我會泄露他的秘密，是我經不起引誘，才把他的秘密告訴了你的！」

白老大翻着眼，顯然在盛怒之下，並不相信船長的那番剖白。

我倒是比較相信，所以又問：「那……容器？」

船長點頭：「哈山先生那樣稱呼那個……看來像是巨型凍肉櫃一樣的東西。」

船長曾經不肯說他和哈山之間商量怎麼躲起來的經過，那曾使我們十分疑惑，由於當時以為一下子就可以把哈山「拎出來」，所以也沒有追究下去。

如今情形有了那樣的變化，哈山不可能在那「容器」之中，連船長也感到自己受了愚弄，情況當然已經不同了，可是船長看來，還是十分不願意說經過的情形，他在說了那一句話之後，緊抿着嘴，下意識地表示不願意再說。

我想開口逼問，白素向我作了一下手勢，不讓我出聲，她柔聲問：「那容器很小，你難道沒懷疑過人不能在裏面八十天不出來？」

第五部

閣中帝子今何在

我和白老大互望了一眼，我們心中都不知有多少話要問船長，但在相望之後，我們也都同意了還是由白素來問比較好。

我們就算把語氣放得最軟，總也還有逼問的霸氣，而白素的聲音，有循循善誘的作用，就算被問者十分不願意回答，可是也無法抗拒，總會有一點透露，因為白素的聲音和神態，都十分親切關懷，使被問者感到她完全站在對方的立場！這時，白素一問，船長立即道：「我當然曾懷疑過，我一看到那容器，就問了這個問題——」

他說到這裏，停了一停，向白素望去，白素用鼓勵的眼神和手勢，請他繼續說下去。

船長急速地眨了幾下眼睛，才道：「那是在哈山先生在巴黎的巨宅中，他的那幢屋子極大——」

白老大不耐煩：「我知道，別說廢話！」

船長不出聲，樣子十分氣惱，白素責怪似地望了白老大一眼，我也有點怪白老大太心急了，船長本來是怎麼也不肯說的，好不容易他肯說了，白老大又來打岔。

船長這一沉默，竟沉默了三分鐘之久，我也沉不住氣，要不是白素一再用手勢阻止，我也要大聲催促了！

三分鐘之後，船長才又喝了一口酒：「那大箱子……在地窖，我一看到就駭然問：哈山先生，這……你怎麼能在裏面躲上幾十天？」

哈山先生的神情十分神秘，他一手按在那「容器」上，笑着道：「幾十天？幾百天都可以，這……容器……舉世無雙，再也找不出第二個來！」

當時，船長就想，不論是什麼，總有一個專門名詞，不能籠而統之稱之為「容器」。而且，既然是用來住人的，「容器」這個名詞，也不是十分恰當。

可是，船長打量了一下，也想不出該怎麼稱呼那「大箱子」，他本來想說，那很像一隻巨型的凍肉櫃，但一想到哈山先生將長時期躲在其中，這種話自然也說不出口了。

哈山接着，又吩咐了一些如何把這容器運上船去，盡可能別給人知道，千萬不能泄露這個秘密，等等。

船長仍然十分擔憂，指着那容器問：「哈山先生，你真的幾十天不出來，就在裏面？」

哈山又出現了十分神秘的笑容來：「當然，白老頭子多麼厲害，一出來，非給他發現不可！」

船長是一個相當忠實的人，仍然在為哈山擔心：「哈山先生，八十天後，你……別說食物了，這密封的容器之中……的空氣……只怕也不夠呼吸！」

哈山先生這時的態度，怪異之極（船長在敘述時，語氣也遲疑得很，很有點疑真疑幻的樣子，像是未能肯定這時是不是真有這樣的事發生過，可知當時哈山的反應是如何之怪），他一聽之下，哈哈大笑，用力拍着船長的肩頭，接下來的一句話，更令得船長目瞪口呆。

他說的是：「誰說我要呼吸？」

當船長說到這裏的時候，我，白素和白老大三人，不約而同，一起叫了起來——那是任何人聽到了這樣的敘述之後的正常反應。

在各自發出了低呼聲之後，白素最先提出要求：「哈山先生說什麼？請你再說一遍！」

船長的神情，本來就不是那麼肯定，給白素一問，又遲疑了片刻，才算有了肯定的答案：「是的，我沒有聽錯，也記得很清楚，哈山先生確然是那麼說：誰說我要呼吸？他就是那麼說，我不明白是什麼意思。」

我們三個人交換了一個眼色，大家也不知道哈山那樣說是什麼意思。

凡生物都要呼吸，不要呼吸的是死物，只有一種人不要呼吸，就是死人！

白老大咕噥了一句：「這老頭子，神經一定有毛病！」

白素則道：「請你再說下去，愈詳細愈好。」

船長嘆了一口氣，呆了一會，才繼續說下去。

當時，船長在聽得哈山那樣說的時候，神情一定驚愕之極，正在笑着的哈山陡然怔了一怔，像是醒覺到自己說錯了話，一時之間，不知怎麼才好，相當驚惶，胡亂揮着手，來回踱了幾步，才道：「我剛才說了什麼？」

船長老老實實把話重複了一遍：「你說：誰說我要呼吸？」

哈山乾笑了幾聲：「這算是什麼話？把這句話忘了，想也不要想，更不要對任何人提起，嗯？」

由於事情很怪，船長遲疑了一下，沒有立刻答應，哈山已焦躁起來：「這是我私人的一個……不想被人知的大秘密，你不能對任何人說，懂了沒有？」

船長嚇了一大跳，忙道：「懂了，懂了，我不會對任何人說……起你曾……」

哈山大喝：「夠了，別再說了！」

船長剛才說「懂了」，可是事實上，他更糊塗了，哈山說那是一個大秘密，什麼秘密？難道哈山他真的不要呼吸？可是哈山這時明明在呼吸，還相當急促。

不過船長知道，這件事最好再也不要提起——這就是為什麼上次要他說經過情形，他考慮了半天仍然不肯說的原因了。

船長後來也想了很久，可是，仍然不明白哈山那樣說是什麼意思，他只是一個十分稱職的船長，不習慣去想稀奇古怪的事，既然想不出名堂來，也只好放棄。可是在哈山當時緊張的神情上來揣測，他知道事情一定十分嚴重，所以誰也未曾提起過。

接下來，在當時，哈山轉過身去，用背對着船長，大約有一兩分鐘，看來是想平復一下緊張的心情，船長也不敢去驚動他。

等到哈山又轉回身來時，他已經完全恢復了常態，伸手在那容器上拍打着，神情充滿自信：「你不知道那姓白的老頭子多可惡，他竟敢看不起我們這艘船，非要他打賭輸了不可！」

一提到船，船長也不免動了真感情，自然希望哈山贏了這場打賭。

那時，哈山並沒有告訴船長，他和白老大打賭的賭注是什麼，要是船長知道了哈山把整條船拿去作賭注，說不定他會大力反對，那麼，以後發生的事，也就有可能大大不同了。

很多情形下，一件事，在起點上，是有小小的不同，但是一直伸延開去，就會有絕不相同的結果，中國有「差之毫厘，謬以千里」的說法，最是傳神。

哈山吩咐船長找人把那「容器」搬到船上去，為了使最少人知道有這件事在進行，哈山特令船的航期更改，又放全體船員的假。

當哈山在進行這個部署的同時，白老大也在積極進行活動，整艘船的資料，他就在那個時候獲得的。

大容器被運上船，一直到被安放在蒸氣房的一個角落，船長都參與其事，那大容器十分沉重，重量超過三千公斤，所以搬運十分困難，要動用十分先進的搬運設備。自然，以哈山的財力而論，那不算什麼，他要是高興，甚至可以把那艘大輪船搬到陸地上來。

在搬運過程之中，哈山有時亦親自來察看，他對那「容器」十分重視，一再要求小心，不能有碰撞，倒像是整個大箱子是什麼精密儀器一樣。

那容器放置在蒸氣房的一角之後，有一個參與搬運工作的人，曾順手在門柄上拉了一拉，恰好哈山先生在，一看到那工人這樣動作，立時大發雷霆，那工人開始不出聲，後來哈山實在罵得兇了，那工人忍不住反抗，大聲道：「門鎖着，根本打不開，你那麼緊張幹什麼？哼，難道有違法的東西在裏面？」

哈山先生嚴厲之極地道：「你敢再說一遍，我就告你誹謗，看你會受到什麼樣的懲罰！」

那工人總算還有點理智，想想和哈山先生作對，多半不會有什麼好處，所以也就沒有再說什麼。

這算是一場小小的風波，船長從頭到尾，看在眼裏，他好奇心大起，不明白哈山為什麼會那麼緊張。

所以，後來，當哈山離去之後，他也曾偷偷去拉了一下，想看看容器內的情形，當然，他根本拉不開門。

那容器的高度，離蒸氣房的頂部約有三十公分，哈山又下令在整個蒸氣房的頂上，加建一層，使得那容器看來更天衣無縫。

等到一切都準備就緒之後，哈山先生搓着手，神情十分滿意，不住撫摸，拍打着那容器，然後，去到了船長室，和船長一起喝酒。

哈山一面喝酒，一面道：「那天，我會和白老頭一起上船，在甲板上，我會介紹你給他，然後我離去，就躲進那個容器之中。在我離開之後十五分鐘，你下令把高溫蒸氣，輸入蒸氣房之中。」

船長在那時候，隱約感到有什麼事極不對頭，可是他又說不出是什麼來，他十分鄭重地道：「哈山先生，你肯定……絕對妥當？」

哈山作了一個表示妥當的手勢，船長遲遲疑疑，還想說什麼，哈山臉一沉：「有許多事你不明白，也不需要明白，別自作聰明了！」

船長不敢說什麼，哈山在過了一會之後，臉色又緩和了下來：「你所要做的，只是小心對方的威迫利誘，白老頭找不到我，一定會想到你會知道我躲藏的所在，會對你用任何手段，包括……包括……」

船長敘述到這裏，漲紅了臉，沒有再說下去，垂下了頭，至少有一分鐘之久，臉有慚色。

船長這種自然而然的情形，我看了倒十分感動。他在敘述哈山的話，哈山自然會說「白老頭會用任何手段，包括卑鄙的手段在內」等等。

白老大後來所用的手段，雖然不是十分卑鄙，但也不能列入高尚，船長受不住引誘，終於泄露了哈山的秘密，所以他這時，感到了慚愧。

這證明船長實在是君子，為了一億英鎊的利益，泄露了一個遊戲性質打賭的秘密，還會覺得慚愧！這年頭，不知道有多少人，為了極少的利益，什麼樣的壞事都去幹，還在洋洋自得哩！

白老大憤然：「哼！人根本無法在一個密封的容器之中生存幾十天，船長，哈山老頭做張做致，所既有一切的做作，全是為了騙我——且要你這個……老實人被他騙信了，我也會間接相信你，這就是哈山的目的！」

白老大在稱船長為「老實人」之前，略為遲疑了一下，當然是在選擇用詞。船長的臉漲得更紅，囁嚅了一句聽不清楚的話，然後才道：「哈山先生在進行一切的時候，是那麼認真，他講得明明白白，他會躲進那個容器中去，他……會騙我？」

白老大哼了一聲，不再和船長說什麼。

事情發展到這裏，已經可以說是相當明朗化了。

正如白老大所說，哈山愚弄了船長，因為哈山知道白老大必然有辦法令船長透露秘密。而自然，白老大也只能得到假情報。

哈山更可能知道白老大的性格，在以為自己穩操勝券之後，會把勝利留到最後一分鐘，那麼，哈山就可以製造出這樣的局面！當白老大拍打着那容器，一無所獲的時候，哈山他就可以哈哈大笑，突然出現——當然，那時已經過了八十天的期限。

這樣一來，白老大輸得慘不可言！

我的看法，也和白老大一樣，所以我揮了一下手，意思是，對船長，對那容器，都可以不加理會了，現在要做的是，趁還有十七八天的時間，還是可以把哈山找出來，如果哈山確在船上的話。

要問船長的問題只有一個：「在你搬運安裝那個容器的同時，船上還有什麼改建工程進行？」

船長想了一想，想得十分認真：「沒有！」

我再追問：「船那麼大，有一些地方有工程進行，你未必知道。」

船長的態度十分堅決：「不，我一定會知道的，船上的制度十分嚴密，不可能有人進行工程，尤其，我大多數時間，都在船上！」

我向白老大望去：「哈山確然躲得很好，不過我想還有十多天，以我們三個人的力量，總可以把他找出來的！」

我在這樣說的時候，其實一點把握也沒有。正好這時，有船員來報告：

「用了很多方法，可是沒有法子把那大櫃子的門打開。

白老大十分憤怒，喝：「讓那大櫃子去見鬼，誰也不必去理它了！」

那兩個船員十分惶恐，不知發生了什麼事，向船長望去，船長這時，雙手抱住了頭，一動也不動。他心情的沮喪，可想而知——他終於泄露了哈山的秘密，可是又得不到泄露的報酬，因為打賭贏的一方不是白老大。

船長枉作小人，而且，他的人格經不起引誘和考驗，竟然早在哈山的計算之中，他成了哈山愚弄白老大的一個工具！

那兩個船員叫了船長幾聲，船長才臉色灰敗，抬起頭來，揮着手，聲音嘶啞：「照白老大的話去做！」

那兩個船員正待退開去，白素卻道：「等一等，你們用了些什麼方法？」

我和白老大都皺了皺眉，覺得她這一問，實在多餘：打開那容器已沒有意義，還問來作甚？

那兩個船員很可能花了一點時間，做了不少工夫，有人關心他們的工作，令他們很高興，兩人齊聲道：「最後動用了電鋸，可是那櫃子不知是什麼合金鑄造的，十分堅硬，根本鋸不動。」

白素側頭想了一想，問：「船上可有炸藥？」船長怔了一怔，還沒有回答，我已叫了起來：「素，幹什麼？」

白素抿着嘴一會，才道：「在未曾打開……那容器之前，不能排除哈山在裏面的可能！」

白老大大聲道：「不能排除哈山的木乃伊在裏面的可能，要是那裏面是真實的話，那麼，哈山在裏面，可以成為世上第一具真空木乃伊！」

白素沒有和白老大爭辯，只是望着船長，船長道：「炸藥倒是有，可是……如果用炸藥，而哈山先生又在裏面的話，不是會令他受傷害嗎？」

白素緊蹙着眉，居然在認真思考這個問題。

白老大用力一揮手：「算了吧，蒸氣房不能長久停止工作——。」

我覺得白素的神態十分有異——對白素的了解程度，我自然在白老大之上，知道這時白素在想什麼，她認為哈山在那大箱子之中，可是她又十分矛盾，我指出了她的矛盾之處：「你要是認為哈山在那箱子裏面，就是應該用炸藥把它炸開來。」

白素的神情十分猶豫，隔了片刻，她才道：「我是怕……已經遲了。我的意思是，如果有意外的話，我們要盡快採取行動才好！」

白老大顯然由於心情欠佳，所以他的語氣十分「衝」，冷笑一聲：「採取什麼行動？這老頭子不是說他可以在那箱子裏躲幾百天嗎？就讓他在裏面好了！哼，不要呼吸，怎麼不說不要吃東西，不要排泄？」

他說到這裏，突然縱聲大笑了起來，用力拍着我的肩頭，問：一個人如果到了這個地步，他是什麼人？」

我的答案簡單之極：「死人！」

白老大仍然笑着，聲若洪鐘：「錯了，是超人，哈山超人！他比我強，早已算定了我會怎樣怎樣，他下的棋子，每一着十分高超，他贏了！」

白老大說到這裏，突然打開了房門，大聲叫了起來：「哈山，你贏了！我認輸了，你出來吧！我認輸了！衛斯理就在這裏，你從現在起，就可以要他講故事給你聽！」

白老大自少年時代起，就精研中國的內家氣功，幾十年下來，氣功修為，精湛之至，老當益壯，這一輪吼叫，聲音之宏亮，在他身邊的人，被震得耳際嗡嗡直響，半晌難以復原。

當然，他的吼叫聲無法使整個船的人都聽得到，但是聲音所達，至少有上百人愕然四顧，不知道這位老先生何以能發出那麼宏亮的聲音，也不明白他在叫嚷些什麼——因為白老大是用地道的上海話叫出那番話來的。

由此可知老人家實在十分要面子，不想被太多的人知道他是在認輸！

叫了一次之後，他突然激動起來，轉身對船長道：「走，帶我去！」

船長莫名其妙：「到哪裏去？」

白老大一揚手：「船長室！我要向全船廣播，把我剛才的那番話傳遍船上的每一個角落，讓哈山可以聽到，我認輸了，放棄了！」

我和白素齊聲道：「且慢！」

白老大半昂起了頭望着我們，我道：「那一番上海話，沒有人聽得懂，只怕船上的人不知發生了什麼事，會引起混亂。」

白老大大怒：「你以為我老糊塗了？我自然會先加以說明，說這番話是對一個人說的，和船上其他人，沒有關係。」

我苦笑：「時間還有十幾天，何必呢？」

白老大悶哼一聲：「你年紀還輕，我不同，太老了，時日無多，所以也十分寶貴，玩不起了，而且既然不好玩，何不早些結束？」

白老大在說那句話的時候，雖然意態仍然十分豪邁，可是話中竟然大有蒼涼的意味在——他話已說到這一地步，我自然不好再說什麼了。若是我再阻延他認輸，他還以為我不肯陪哈山說故事給他聽了！

可是，我實在又不甘心，因為時間確然還有十七八天，就認輸，未免冤枉！

所以，我向白素望去，白素道：「我也不贊成認輸，時間未到，而且，那隻箱子還沒有打開！」

白素念念不忘要打開那隻大箱子，也是怪事，她平時對疑難事件的分析能力十分高強，這時，誰都可以看出，那大箱子是一個煙幕，哈山利用了那大箱子，騙信了船長，目的就是通過船長騙信白老大！

如今，哈山的目的，可說已經達到，作為道具的那隻大箱子，還有什麼意義？何以白素一直如此重視？

當時，我和白老大，都用責怪的目光，瞪了她一眼，可是她沒有解釋，只是她的神情，有一種不可屈服的倔強，對於這種神情，我和白老大倒都十分熟悉，那表示她要做的事，就一定要做，不論別人怎麼說，怎麼阻止，她都要做到為止，這是她外柔內剛性格的一個典型的神情。一看到她現出了這種神情來，我和白老大都不敢再說什麼，因為知道說了，徒傷感情，不能改變白素已定了的主意。

而且，她堅持要打開那大箱子，雖然我們都覺得那樣做沒有用，但至少也沒有什麼害處。

事後，白老大對我說：「一看到她那種神情，我就什麼也不說了，哼，知女莫若父。」

白老大繼續說：「想當年，她一看到你這小子就喜歡，我和他哥哥都曾阻止過，她就是那種神情，強頭倔腦，一直是這樣……」

「強頭倔腦」也是上海話，形容一種不肯聽人勸説，要一意照自己意思行事的人的神態，一般都形容小孩子或少年。白素在白老大的心目之中，自然始終都是小女孩子。

也是事後，我問白素，何以她一直堅持要打開那隻大箱子？

白素的回答很妙：「我覺得船長是一個老實人，他敘述他和哈山佈置躲在船上的經過，十分可靠！」

我道：「我也相信那是事實，可是那是哈山利用船長的經過。」

白素搖頭：「在船長的敘述中，有些細節，十分令人生疑，哈山曾提及他不需要呼吸，又立刻要船長忘記他説過這樣的話，我就是在這一句話中犯疑的：哈山如果可以不用呼吸，自然可以躲在那個大箱子之中！」

我嘆了一聲：「我也留意到這句話，可是事實上，人怎能不呼吸呢？」

白素也嘆了一聲：「你怎麼了？人甚至可以變成神仙，為什麼不可以不呼吸？而且，大箱子的門由裏面上拴，也是證明！」

我呆了半晌，也明白白素為什麼要嘆息，她是在嘆我，腦筋有時轉不過來時，就硬是轉不過來！那都是事後的情形了。

當時，白老大和我，呆了片刻，白素則道：「給我一點時間，我可以弄開那大箱子！」

她在這樣說的時候，望着船長。

所有和這椿「打賭事件」有關的人之中，這時，最精神沮喪的，自然是船長，白老大雖然輸了，總不如船長那樣，幾乎喪失了一切，尤其在人格上有了這樣的污點；所以他整個人，簡直如同泄了氣的皮球一樣，一副又乾又扁的樣子，白素望向他，他聲音苦澀：「隨便你，你可以動用一切船上的設備。」

那時，那兩個前來報告打不開箱子的兩個船員還在，白素向他們打了一個招呼，就和他們一起離開，自然是到蒸氣房去了。

白老大則逼着船長到船長室去，我思緒十分紊亂，雙手抱着頭，坐了下來——我不想放棄，還有時間，我想我可以把哈山找出來。

不多久，擴音器中就傳出了船長的聲音，請大家不要驚惶，以下的廣播，純粹是出於十分特別的原因，和船上的一切無關。

然後，就是白老大宏亮的聲音，把他認輸的話，說了一遍又一遍，一共說了三遍。

船長室和全船的廣播系統，是輪船在十分緊急的時候使用的，聲音可以遍及船上的任何角落。

哈山如果在船上，一定可以聽得到的。

白老大已經公然認輸，我也不必再努力找哈山了，倒是要準備一下，先向哈山說哪一個故事才好了。而且，照我想，哈山一定會出現，他是打賭的勝利者，還不心急地接受勝利的果實嗎？

然而，事情卻處處出人意表。白老大的認輸廣播是在下午三時左右播出的，一直到晚餐時間，哈山卻還沒有現身出來。

在這四五小時的時間之中，白老大每小時都廣播一次，算來已廣播了五次之多了。

所以，在我和白老大一起進入船上佈置豪華的餐廳之際，白老大顯得十分興奮，他對我道：「哈山可能根本不在船上！他如果不在船上，就是不守打賭的規矩，當然是他輸了！」

我苦笑：「或許這也在他的計算之中，他故意要你空歡喜一場！」

白老大呆了一呆：「要是這樣，那麼他真是太可惡了——」他想了一想，才道：「不要緊，我也有辦法把遊戲擴大來玩！」

初時，我還不知道他「擴大來玩」是什麼意思，但不需五分鐘就明白了。

白老大一進餐廳，至少有三五十人圍住了他，向他提出同一個問題，問題相同，可是問題所使用的語言，至少有七八種之多，問的是：「你向全船廣播，所講的那段話，是什麼內容？」

白老大高舉雙手，從容不迫，步向擴音器之前，他在船上十分受歡迎，人人都認得他，樂隊一看到他像是有話要說，他停止了演奏。

於是，白老大先把他廣播的那番話，用五六種語言，翻譯了一遍，他使用那幾種語言，都流利之至，自然引得全場掌聲雷動。

可是，也引來更多的問題，那自然在白老大的意料之中，於是，白老大便把他和哈山之間打賭的事，作了簡單的敘述，聽得所有的人都大感興趣。

我在這時，已經知道了他的用意，果然，說到最後，他振臂高呼：「讓我們，所有的搭客和船員，都一起參加尋找哈山先生的遊戲！誰能把哈山先生找出來的，我個人的獎金是十萬英鎊！」

白老大這句話一出口，雖然船上的搭客都不會是窮人，但是那畢竟是十分吸引人的獎金，所以歡呼聲此起彼落，久久不絕。

白老大並沒有說出他和哈山的賭注是什麼，船長則在所有人興高采烈之中低下了頭，白素卻不在場，還在致力打開大箱子。

白老大這一招，雖然有點旁門左道，可是卻也妙臻毫顛：哈山要是躲在船上，有超過一千人在找他，哪有找不出來之理？

如果哈山要賴，不在船上，忽然到時出現，說自己是在船上，白老大也無法可施。但如今哈山卻無法那樣做了，因為上千人在船上找，一定任何角落都被人找過，只怕鍋爐的爐膛也有人去看過，哈山能說他躲在什麼地方？如果他根本不在船上，自然也就無法遁形。

白老大還在發表演說：「各位回去好好打開房間的衣櫥看一看，說不定十萬英鎊，就在你們的房間中！」

他的話，又引起了一陣哄鬧聲——只怕自有航運史以來，再也沒有一次海上聚會是比這次更熱鬧的了！

白老大終於坐到了餐桌上，喝着酒，向我望來，我不等他開口問我「怎麼樣」，就向他豎起了大拇指，白老大自然覺得這樣做好玩之極，所以開懷大笑，笑聲震耳。

我記掛着白素，草草吃了飯，趕到蒸氣房，看到大箱子之前，擺了許多工具，包括一具大型電鑽在內，那電鑽上的半英吋直徑的金鋼砂鑽頭，卻已斷折，幾個船員都望着白素，白素則雙手交叉放在身前，盯着那大箱子在看。看到了這種情形，我吃了一驚：「那箱子是用什麼金屬鑄造的？」

白素仍然盯着箱子：「不知道，金剛砂的鑽頭，不能損害它分毫——你看到沒有，門是有把手，證明是在裏面上了鎖的！」

大箱子的門如果是在裏面上的鎖，那就證明箱內有人，可是事實當然不會如此單純，我就提了出來，「只要有遙控裝置，也就可以使大箱子在裏面上鎖！」

白素想了一想，點頭承認有這個可能，我又道：「箱子的外面，既然如此堅硬，只怕你使用炸藥，也一樣無濟於事。」

說話之間，有一個船員，捧來了一隻玻璃瓶，捧得戰戰兢兢，我嚇了一跳說：「硝化甘油？」

白素搖頭：「不，王水。」

王水是一份硝酸，三份鹽酸的混合溶液，對金屬有極強的溶解性，如果金剛砂的鑽頭，能夠在門上鑽上一個洞，再把王水灌進去，多半能把鎖或拴腐蝕掉，可以打開門來。

可是這時，門上並沒有孔洞，整個大箱子十分平滑，王水只怕沒有用。

我不忍掃興，所以沒有把自己的想法說出來。白素接過了那瓶王水，略想了一想，打開瓶蓋，小心地貼着大箱子，傾倒了一些王水出來。王水順着大箱子向下流，對大箱子一點起不了作用，甚至金屬光澤都無起變化，一如倒上去的不是王水，而是礦泉水一樣。

王水順着箱子向下流，流到了箱腳，接近地面時，立時就發出了「嗤嗤」的聲響，冒起了一陣煙，發出了十分難聞的氣味來。

蒸氣房地面，由於長期要承受水蒸氣的緣故，所以鋪着品質極好的不鏽鋼板。

王水立時對不鏽鋼板起了作用，可是對那大箱子，卻連表面的光澤都無損分毫！這大箱子是用什麼金屬鑄成的？

看到了這等情形，我也不禁好奇心大起，失聲問道：「這箱子，哈山是從哪裏弄來的？」

白素苦笑：「這問題，怕只有哈山自己才能回答了，連船長也是第一次在他住宅的地窖中才看到它的。」

我又盯着那「大箱子」看了一會，搖了搖頭。白素知道我搖頭的意思是：這箱子的鑄成材料既然如此堅硬，只怕無法打開它！

所以白素沉聲道：「在船上，工具不夠，所以打不開！」

我不禁有點駭然：「船長說它的重量超過三千公斤，你……想怎麼樣！」

白素卻悠然：「哈山既然可以把它搬上船，我們自然也可以把它運下去！」

我攤了攤手，不表示什麼意見，因為這大箱子十分奇特，必有古怪，幾乎可以肯定。

而愈是奇特，必有古怪的事和物，我是一向不肯輕易放過的。

白素看來不打算在船上「攻打」這大箱子了。她問：「老人家怎麼樣了？」

我笑了起來：「只差沒有把整艘船翻過來了！」

我把白老大的「把事情鬧大」的經過，告訴了白素，白素聽了，也不禁吐了吐舌頭：「真是，這一次，哈山只怕再也躲不住，非出來不可了！」

我嘆了一聲：「不論如何，老爺子打賭是輸了！」

白素又望了那大箱子一眼：「如果哈山是在那裏面，那麼打賭就沒有輸！」

我沒有說什麼，只是聳了聳肩，我的行為語言是：「有多少可能呢？」

白素的神情有點惘然：「不知道！」

我和她說到這裏，已有許多人，向蒸氣房湧了過來，你推我擠，人聲鼎沸，搭客居多，也有船員，帶路來的一個，是個高級船員。

一時之間，我和白素都不知道發生了什麼事，只聽得許多人雜七雜八地叫：「哪裏有大冰箱？」

第六部

只在此船中　雲深不知處

那帶路的船員向大箱子一指：「就是這個！」於是，許多人又爭相湧過來，反倒把我和白素，擠到一角——要不是源源不絕，有人湧過來，我們根本出不了去，我早已拉着白素離開了！

會有這樣的場面出現，自然是白老大在餐廳中又講了些什麼的緣故。他至少講了在蒸氣房中有一隻放置得十分巧妙的大箱子，哈山有可能藏在那大箱子之類的話，所以才引得人好奇，想來看看這大冰箱是什麼樣子的。

我和白素相視苦笑，白老大真會把事情鬧大！

擠到了「大冰箱」前的人，人人都抓住門的把手，向外拉了拉，當然沒有人可以把門拉開。我看見那許多人的動作，心中模模糊糊，想到了些什麼，可是卻又抓不住中心。眼看蒸氣房中的人愈來愈多，我和白素，努力擠了出去。在回到餐廳的途中（白素還沒有吃飯），只聽得四面八方都有人在叫：「哈山先生，找到你了！」或者是：「哈山先生，快出來吧！」

像是就這樣一叫，哈山就會出現，十萬英鎊就可以到手一樣。

一些船員和水手，更加起勁，他們在船上工作，船上有什麼隱蔽的地方，他們畢竟熟悉得多，只見他們弄來弄去，不住呼喝。白老大製造的這一場混亂，已使船上的工作紀律大大敗壞。

進了餐廳，仍有不少人圍着白老大，在聽白老大說話，船長在一旁，神情依然沮喪，但白老大顯然並沒有把收買他的這一節說出來。

白老大這時在說的是：「我知道哈山先生一定在船上，躲在某一處地方，說不定他化了裝，就在眼前，女士們要小心，可別亂結識陌生人！」

有幾個女士聽了，也就誇張地叫了起來，白老大又呵呵地笑着：「男士們也要小心，他可能化裝成一個女人！」

他說着，看到白素來了，就向白素揮手，依然發表他的偉論。

侍者替白素送來了食物，她默默地吃着，我招手，叫來了一個才從外面匆匆走進來的餐廳侍應領班。我對他的印象相當深刻，是因為剛才在蒸氣房中，他擠向那「大冰箱」，擠得十分起勁之故。

領班向我走來，我向他要了一份酒，他欲語又止離開，而等到他送酒來的時候，又是一副欲語又止的樣子，我不禁好奇：「你有話要對我說？」

領班俯下了身子，壓低聲音：「那隻大冰箱……是我和哈山先生一起從海裏撈上來的！」

這真是意外之極！

突然之間聽到了這樣的一句話，不但我為之震動，連一向鎮定無比的白素，也立時嗆咳了起來。白老大雖然和身邊的人在說話，可是他眼觀四方，耳聽八路，也立刻知道我們這裏有什麼事發生了，他也霍地站了起來。

我在一震之後，也霍然站起，那領班嚇了一大跳，退後了一步，滿面惶恐，像是想解釋什麼，我差點沒去捂他的口：「什麼也別說，我們另找說話的地方。」

白老大向我們這邊望來，我向他作了一個手勢，示意他向艙房去。

白素這時也停止了嗆咳，吸了一口氣，抹了抹口角，也站了起來。

幾分鐘之後，我、白素、白老大，和餐廳侍應領班，先後進了白老大的艙房，領班的面色一陣青一陣黃，顯然是我們緊張的神態令他也緊張，以致令得他不知自己多口的結果，是禍是福。

在途中，我已把那大冰箱金剛砂鑽不能破、王水不能蝕的情形告訴了白老大，白老大蹙着兩道銀眉，一言不發。

我又道：「那傢伙竟然說，這大冰箱，是他和哈山一起從海上撈回來的！」

白老大雙目圓睜，顯然是也想不到事情有這樣峰迴路轉的發展，大是驚訝。

等進了白老大的艙房，白老大一攤手：「慢慢說，我們有的是時間！」

領班說的還是那一句話：「那大冰箱是我和哈山先生從海上撈回來的！」

他看來不是很懂得敘述事情的經過，看來要人發問才行，這責任便落到了我的身上，我的第一個問題是：「什麼地方？什麼時間？」

領班想了一想：「一年多之前，在離百慕達約有一百浬的海域上！」

我再問：「你怎麼會和哈山先生在一起的？」

領班十分自傲地挺了挺胸：「我調得一手好酒，而且我從小航海，見聞多，古怪的故事也多，哈山先生喜歡聽我講故事！所以哈山先生常帶我出海。」

領班的話，十分重要，白老大示意他繼續說下去。

領班又道：「那一天，哈山先生親自駕駛哈山五號遊艇，那條船——」

白老大打斷了他的話頭：「我知道哈山的遊艇一艘比一艘大，五號當然最新最大的，你揀重要的說。」

領班一迭聲答應，可是一說出來，還是扯東扯西，我看出白老大十分不耐煩，也看出如果白老大不斷打斷他的話頭，只有更亂，所以向白老大作了一個手勢，示意任由他說下去。

領班道：「哈山先生和我，老大的遊艇上，只有我和他兩個人，出海之後，一直駛出了五六十浬，才停下了船，哈山先生喜歡釣魚，在那一帶海域，有一種叫作『極樂鯊』的鯊魚，十分兇猛狡猾，能釣上一條來，是釣魚人的大樂趣，哈山先生在船頭釣魚，我就在一旁，講故事給他聽，因為釣魚要長時間的等待——」

白老大聽到這裏，用力咳嗽了一聲。

領班停了一停：「那天風和日麗，我記得我正在向哈山先生講那個大奶子的瑪麗的故事，那故事是說——」

我說道：「不必轉述你的故事了！」

領班望了我一眼，像大有不服氣的神情，我心想我是救了你！要是你真的一本正經講起那個故事來，白老大就不肯放過你。

領班吞了一口口水，像是還不是很捨得放棄他的那個故事，所以過了片刻，才道：「哈山先生專心在釣魚，所以是我首先看到那隻大箱子的。」

他說到這裏，忽然又停了下來，眼珠亂轉，一副心術不正的樣子，昭然若揭。

白老大冷冷地望着他，且不發作，領班舔了舔唇，又吞了一口口水，才道：「後來，哈山先生給了我一筆錢，叫我別對任何人說起這件事，我不知道是不是應該說！」

我打了一個「哈哈」——因為我真的感到了十分可笑。白老大也不怒反笑，他道：「應該說的，因為我也會給你一筆錢。」

領班的目的已達，大是高興，連聲道：「謝謝！謝謝白老先生！」

白老大伸手直拍着他：「現在你是收了錢的，要是再説廢話，説一句，我扣十分之一，我會給你一萬英磅！」

白老大出手十分闊綽，領班顯然喜出望外，説道：「我看到那大箱子的時候，大箱子還十分遠，我看到海面上有銀光閃閃，還以為是一條大魚！」

領班看到海面上銀光閃動，還以為是一條魚，他就指着，叫：「哈山先生，看，那邊有一條大魚！」

那時，哈山正大大地打了一個呵欠——多半是由於那個「大奶子瑪麗」的故事，一點也不好聽的緣故。

哈山循他所指看去，果然也看到了在陽光下閃動的銀光，可是他立刻看出，那不是魚，他插了魚竿，站起來，吩咐道：「拿望遠鏡來，那不是魚，看來像是一艘翻沉了的小船！」

領班奔開去，不一會就拿了望遠鏡，哈山呆了半晌，默然不語，把望遠鏡遞給領班：「你看看，那……是什麼東西？」

從望遠鏡看出去，可以看得十分清楚，因為那大箱子在水中，有門的一面向上，十分平穩地隨波起伏，「吃水線」之上，約有一公尺左右，浸在水中部分有多大，當時看不清楚。

領班航海多年，見多識廣，可是一時之間，也難以說出那究竟是什麼東西來，他想了一想，才道：「像是一隻……很大的凍肉櫃！」

哈山先生「哼」地一聲：「凍肉櫃？怎麼會在海面上漂浮？」

領班胡言亂語：「或是什麼大輪船上用舊了，就拋在海中，也是有的！」

哈山被領班的話逗得笑了起來：「把船駛過去看看！」

「哈山五號」有全自動駕駛系統，操作十分簡單，領班進入了駕駛艙，使船接近浮在海面上的那隻大箱子，大約有十來分鐘的時間。這十來分鐘的時間，只有哈山先生一個人在甲板上，他在甲板上做了些什麼事，領班自然不知道。當領班又回到甲板上時，看到哈山先生的神色，十分凝重，盯着離船只有十來公尺的大箱子在看。

近距離看來，那大箱子更像是一隻大凍肉櫃，當然，它也可以說像一隻保險箱，可是保險箱若是大成那樣，那就是一個保險庫了，更沒有理由會在海上漂浮，就像極樂鯊不會出現在銀行大堂一樣！

領班來到了哈山的身邊，哈山又吩咐：「準備快艇！」

放下了快艇，哈山和領班一起登艇，駛到了那大箱子的旁邊，哈山用手拍打着那箱子，還攀上箱子去，站在箱子的上面。

領班大叫：「哈山先生，快下來，危險得很。」

哈山在那時，有一個相當幼稚的動作，他抓住了門的把柄，想把門向上打開來，卻忘記了他自己正站在門上面。

等到哈山再回到快艇上面時，他已經有了主意：「把這大箱子拖回去，不釣魚了！」

領班順口問了一句：「箱子裏會有什麼東西？」

哈山先生一瞪眼：「滿箱的金銀珠寶，所羅門王的海上寶藏，西班牙海軍搜刮來的金器！」

領班嚇得縮了縮頭，不敢再說什麼。

要把那隻大箱子拖回去並不難，它本來就浮在海上，兩人用了大量的繩索，將它圈起來，船一開航，大箱子也自然而然，被拖在後面。

倒是那隻大箱子在靠了碼頭之後，如何運上岸，到了哈山大宅地窖之中的，相信經過一定相當困難，領班卻並不知道其中的詳細過程，因為「哈山五號」一靠岸，領班就被哈山打發走了。

約莫過了三五天，哈山才又把領班找了來，給了他一筆錢，告訴他，叫他別對人提起這件事。

領班當時收了對他來說，數字可以說相當大的錢，心中十分犯疑——他犯疑的焦點，自然是：那大箱子中究竟放了些什麼？

哈山的態度有點神秘，更使領班犯疑。可是他卻不敢向哈山先生發問，而且，他也得了好處，再加上他的工作、退休金之類，和生活息息相關的一切，都掌握在哈山的手上，他也不敢有什麼行動——當然，他認為哈山已打開過那隻大箱子，而且，也認為大箱子之中，藏有相當珍貴的東西。

領班最後的幾句話是：「自從那次之後，我就再也沒有見過那隻大箱子，剛才聽到白老先生說哈山先生是可能躲在一隻大箱子中，我想起那隻大箱子來，跑去蒸氣房看，果然就是那一隻！」

領班說完了，望着我們，我們也互相交換着眼色。領班講述的經過，確然相當古怪，一隻那樣的大箱子，竟然會在海面上漂浮，哈山弄了回去之後，卻又秘而不宣！

照領班所說，哈山發現那隻大箱子，是有一年多了，在過去的一年多之中，哈山和白老大，至少曾見過四次面，何以哈山連提都不向他這個最好、最老的朋友提起？

我和白素同時想到了這個問題，也一起向白老大望去，白老大十分惱怒，一開口就用上海話罵：「這赤佬，我還當他是好朋友！」

「赤佬」在上海話中，是「鬼」、「壞人」的意思。

他又側頭想了想：「是有幾次，他有想說又不說的樣子，賊頭賊腦，我想，幾十年的老朋友了，不論有什麼話，都會向我說的，所以也沒有在意，惟誰料到他會起意躲在那大箱子之中！」

我沉聲道：「我不明白，一個人若是想躲起來，絕沒有理由想到會去躲在一隻由海上撈上來的大箱子之中的！除非，除非……」

我本來是想說「除非這個人神經有點毛病」的，可是白素卻突然接過口去，所說的卻又和我想說的大不相同：「除非這隻大箱子特別適合躲人！」

白素的話，乍一聽，是無法成立的，哪有什麼大箱子是特別適合躲人的？可是，我們立刻又想到了船長所說的經過，在地窖中，哈山曾自豪地對船長說，在那隻大箱子之中，他可以愛躲多久就多久！那說明什麼呢？說明這隻大箱子特別適合躲人——一隻專門要來藏人的大箱子！

竟然引伸到這樣的一個結論，我們不禁有點啼笑皆非，因為那太匪夷所思了！

白老大喃喃地道：「世上若有那種箱子，那就是棺材，棺材又何必那麼大？」

他說到這裏，忽然向我望來，哈哈大笑，樂不可支，指着我：「衛斯理的典型説法是，那是外星人的棺材，因為這種外星人體型巨大，所以棺材也就特別大！」

白老大這樣取笑我，我自然不以為意，只是淡然道：「並無不可，很好的設想！」

白素看着白老大開懷大笑，她也很高興：「在船上弄不開那大箱子，上了岸，總有方法弄開它的，現在主要的是，要趁還有十幾天的時間，把哈山找出來，全船的人都在找他，他沒有地方可躲！」

我和白老大都同意白素的話。

從白老大宣布了這個特別之極的「尋人遊戲」之後，輪船接下來的航程，簡直熱鬧之至，二十四小時，都有人在各處找人。

可是時間一天一天過去，哈山先生卻影蹤全無！在這期間，最不受人注意的，反倒是那隻大箱子，蒸氣房也早已恢復了消毒工作，只有船長，總徘徊在蒸氣房外，喃喃自語：「哈山先生明明告訴過我，他躲在這隻大箱子之中的！」

別人不注意這大箱子，自然是由於都肯定，沒有人可以躲在一隻密封的大箱子之中過七八十天之故。

除了船長之外，對這隻大箱子加以注意的，就是白素，白素在蒸氣室外遇到喃喃自語的船長的時候，還曾有過一番對話。

白素指着還在蒸氣房一角的那隻大箱子：「你相信哈山先生在裏面。」

船長苦笑：「我無法相信，可是他確然告訴過我，他會躲在裏面……哈山先生在那樣說的時候，很奇，有一種難以形容的……一種神情。」

這種情形，船長在叙述整件事時，已經提及過。白素嘆了一聲：「你如果親眼看到他進去就好了！」

船長也嘆了一聲：「當時我在甲板上陪令尊，誰會料得到事情會有那樣的變化！」

白素一直盯着那大箱子，一小時後，她向我說起當時心中所想的，她說：「在聽了船長的叙述之後，我就感到哈山有理由是在那大箱子之中，雖然道理上說不通，但我真有這樣的感覺。」

我沒有表示什麼意見，因為我和她一樣，知道在道理上總説不通，可是我又沒有她的那種感覺，所以只好不表示意見。

日子一天天過去，輪船的航期，終於到了最後一天，已經接近法國的海岸線了，雖然全船的人都在努力尋找，可是卻一點結果也沒有。哈山先生究竟躲在船上的什麼地方，已經變得神秘之極，不可思議的怪事了！

白老大早已認輸了，心理上倒也別無負擔，到了最後一天，他忽發奇想：哈山會不會在一艘潛艇中，而潛艇是在船底下附着船身在航行？他還一本正經把這個想法提了出來討論，我和白素都認為不可能，因為這樣子，哈山就不是「躲在船上」，根本他就輸了！

白老大長嘆一聲：「那麼，他究竟躲到什麼地方去了？唉，上窮碧落下黃泉，兩處茫茫皆不見，哈山哈山，儂來哈地方？」

他用上海話問哈山在什麼地方，當然得不到回答。

八十天的航程就快結束，經過了多天的努力，沒有人有任何收穫，沒有人得到白老大的獎金，大家興趣也淡了下來。而且，在最後一天的航程中，有許多儀式要進行，大家同在一條船上過八十天，要分別了，總得有惜別之類的聚會。

預算船會在子夜之前泊岸，共同在船上生活了八十天的人，就此各散東西，很多人只怕這一輩子，再也不會見面了，因之也有許多感人的場面。白老大成了中心人物，人人過來和他握手。

等到船泊岸駛向碼頭時，汽笛聲大鳴，人人都準備離去了。

我、白素和白老大，在白老大的艙房中，白老大看了看表：「再過十分鐘，就是午夜，一過午夜，哈山就會出現了！」

我和白素都不敢說什麼，因為白老大雖然表示很看得開，但總不是很開心。

這時，忽然有人敲門，打開門，船長站在門外，神情十分沮喪（在整件事情中，受打擊最大的是他），卻提出了一件輪船航行史上罕見的要求：「全體船員和全部搭客，都不想離船！」

白老大駭然問：「所有人想幹什麼？」

船長挺了挺身子：「我也和所有人一樣，都想留在船上……過了午夜，看哈山先生會從什麼地方冒出來！」

白老大苦笑了一下：「好啊，這對哈山老頭來說，真是太好了，那麼多人看他勝利，可以使他有生之年，想起來都會笑！」

自然任何人都可以聽得出，既然哈山老頭在有生之年，想起贏了這場打賭都會笑，那麼，就表示輸了這場打賭的白老爺子，有生之年，一想起這件事，必會怏怏不樂了！

我和白素更不敢出聲。我心中在想，老朋友之間，最好什麼也不要賭，什麼也不要爭。不然，必定有輸的一方或失的一方，令得友情大打折扣，出現了這種情形，自然就勿好白相——不玩了。

白老大看到我們不出聲，他用力一揮手：「大家準備在什麼地方恭候哈山的出現。」

船長道：「在甲板上，只是甲板上，才能容納那麼多人，要請你站在各人的當中，因為哈山先生如果一出現，必然要出現在你的面前的。」

白老大想了一想，就爽快地答應了下來，同時站起身：「該走了！」

他向外走去，我和白素跟在後面，不一會，就來到了甲板。

不但甲板上全是人，連可以看到甲板的地方也全是人，救生艇上也滿是人，等着看哈山的出現。

白老大一出現，就引來了一陣掌聲，白老大來到了人叢的中間，向眾人拱拳為禮，陡然大叫了一聲，把上千人的喧鬧聲，都壓了下去，離得他近的一些人，有嚇得發起抖來的。

白老大在令得所有人都靜了下來之後，就朗聲道：「還有一分鐘，大家就可以看到神奇的哈山先生，究竟會從什麼地方冒出來了！」

他的話，又引起了一時嗡嗡的議論聲，然後，就到了最後十秒鐘。

白老大領頭倒數，數到了最後一秒，他一聲長笑，提高聲音，中氣充沛，聲音宏亮：「哈山老友，我輸了，你出來吧！」

在他這樣叫的時候，甚至有一些人，自然而然，抬頭向天空看去，像是哈山忽然會自天而降一樣！也有的人低頭向下看，像是他會從甲板中冒出來。當然更多的人，四面張望，希望第一時間，可以看到躲得那麼神秘的哈山。

上千人這樣屏氣靜息，緊張地等待，場面也十分懾人。船員的注意點，和乘客略有不同，船長、大副等人，目光就自然而然，望向有播音裝置之處，他們的想法是，船很大，哈山不知躲在什麼地方，他出來之後，大有可能先到船長室去，通過廣播系統，向全船廣播，宣布打賭結束，他贏了！

時間在過去，在開始的三分鐘內，真的沒有任何人出聲。可是在三分鐘之後，就有人交頭接耳，再三分鐘之後，簡直已到了人聲鼎沸的程度，有幾個魯莽一點的人，甚至來到了白老大的前面問：「是不是真有人躲在船上？為什麼還不見他出來？」

白老大的神情，也疑惑之極：哈山應該出來了！

可是哈山還沒有出來。

船早已完成了靠岸的一切行動，半小時之後，就有人開始離船上岸，陸陸續續，離船的人愈來愈多，到凌晨三時之後，船長說：「所有搭客全離船了，白先生，哈山先生怎麼還沒有現身？」

白老大緩緩搖頭：「我也不知道，不過——」

他說到這裏，略停一停，然後，我也脫口說了同樣的話：「有意外發生了！」

船長駭然之至：「他躲得那麼好，如果有了什麼意外，可能……可能……」

白老大苦笑了一下：「可能到船被當廢鐵拆卸時，才能再發現他！」

船長神色蒼白，不由自主，打了一個寒戰。

船員在船靠岸後，有十天的假期，等到天快亮時，船長宣布一切如常進行——當然不是如常，通常，船一靠岸，哈山自己不來，也會派人上船來，向船員略略致謝，還會請高級船員進餐。可是現在哈山不知在什麼地方，這一切自然也沒有了。

等到天色大明，一直沉默不言的白素才道：「那隻大箱子！」

我陡然感到一股寒意——白素一直感到哈山可能在那大箱子之中，如果真是那樣，那麼，意外早就發生，哈山必然已經死了！

一場嬉戲，會有那樣的後果，那真是太可怕了！

白老大的臉色也十分難看，白素已接着對船長説：「請安排把大箱子運上岸去，不論怎樣，一定要把它打開來看看！」

事情發展到了這一地步，白素的這個提議，自然也沒有人反對，船長顯然也急於想知道究竟，所以很快就有了安排。

不過要移動那隻大箱子，十分困難，先要把天花板的加裝部分拆走，才有可以移動的空隙。

移出來的步驟，和搬進來的程序一樣，用細小的金屬棍，放在大箱子的下面，然後再用機械裝置拉動，把它拉開那個角落，緩緩移出蒸氣房。

等到那大箱子被巨型的起重機吊到岸上的時候，已經是第二天下午的事了。

在整個搬移過程之中，白素都在現場看守，大箱子終於上了岸，我問：「準備把它運到什麼地方去打開？」

白素想了一想：「雲氏工業系統在歐洲，有精密的工業設備，我想先和他們聯絡一下。」

雲氏工業系統是由雲氏兄弟主持的工業組織，包括了許多製造精密儀器的工廠在內，在各大洲都有他們的工業設施。我和他們不是很熟，只是見過雲氏五兄弟中的老四幾次。

雲氏兄弟中的老四，雲四風的妻子，是曾經在「江湖」上極其活躍的女俠穆秀珍。穆秀珍的姐姐，是更出名的女俠木蘭花。

這若干年來，這兩姐妹自絢爛歸於平淡，很少露面，但是也有的說法，是她們正在從事一項計劃十分龐大的研究，研究的課題極其廣泛，開人類歷史未有之奇，這項研究似乎佔據了她們整個生活，也是使她們和她們周遭的一些人，看來像是暫時在「江湖」退隱的原因。

這一切，我當時只是略想了一想，我問了一個關鍵性的問題：「怎麼和他們聯絡？」

這是一個難題，因為雲氏工業系統的生產活動，和許多國家的國防工業，宇航設備等有關，不是普通的工業組織，都有很嚴格的保密程序，所以一般來說，不是很容易和他們接觸。可是白素在聽了我的問題之後，卻若無其事：

「我有一個電話，可以和他們的核心人物聯絡！」

一聽得她那樣說，我不禁大是訝異，望着她：「你是什麼時候和她們有了聯絡的？」

白素一面吩咐着負責搬運那大箱子的工人，小心操作（她想起哈山先生在搬運那大箱子時的小心態度），同時回答我。「是你和小寶在一起的時候。」

我「啊」地一聲，略呆了呆，迅速轉着念。我和溫寶裕在一起的經歷，已記述在「鬼混」這個故事中——對了，在那件事中，有一次，我和白素通電話，聽到白素在書房中和人說話，曾聽到有女人的聲音，她像是在和什麼人對答。

後來，我不止一次，想問她究竟那時發生了什麼事，但是都因為別的事而岔了開去，莫非就是在那時候，白素和她們有了聯絡？

我之所以用了「她們」這個代名詞，是由於雲氏工業系統，女俠木蘭花這一組人，是以木蘭花姐妹為主體的緣故，一提到這一組在各方面都有出色成就的人，人們首先想起的，就是「她們」。

我揚了揚眉：「那次在書房的是誰？」

白素笑了一下：「木蘭花！極可愛的女俠，出色之至，我們其實早該認識她。」白素很少這樣盛讚一個人，而這時，她不但盛讚，而且在說的時候，一副心嚮往之的神情，由此可知，她們的那次會面，極其愉快。

我悶哼了一聲：「也不必太妄自菲薄，你絕不會比木蘭花遜色！」

白素十分歡暢地笑了一會：「她有點事，本來想同時也來找你的，可是你不在，我們談了很久，她在臨走時，給了我一個聯絡電話，我想，要雲氏工業系統為我們做點事，自然簡單之至。」

我望向白素，沒有出聲。白素自然知道我等於是在問她：「你和那個著名的傳奇人物，女俠木蘭花談了些什麼？她有什麼疑難問題要來找我們？」

可是白素卻故意偏過頭去，對着已緩緩落下來的那隻大箱子，大聲叫：「小心！小心操作！」

她對我用眼色的詢問避而不答，我心中有點不高興，我算算日子，「鬼混」這個故事所發生的事到現在也有幾個月了，如果真有什麼事，白素應該早就對我說了。她一直不說，多半是另有原因，或者是事情微不足道，根本不值一提。

這時，一輛巨型載重貨車駛了過來，大箱子緩緩落到了貨車卡上。那載重貨車本身也有起重設備，起卸那大箱子，應該沒有什麼問題。

搬運公司的人，圍着白老大，白老大高聲問：「運到哪裏去？」

白素的回答是：「等一等，讓我去聯絡！」

白素和我一起進入了碼頭管理處的辦公室，白素借用了那裏的電話，我站在窗口，從窗中看出去，可以看到碼頭上各色人等，各種機械在忙碌操作的情形。

十分鐘之後，白素已用十分興奮的聲音道：「就在里昂西郊，有一座工廠，是雲氏工業系統的，她已通知雲家兄弟了！」

白老大在這時，也進了辦公室，他卻大大打了一個呵欠：「我要回農莊去，好好休息一下，這些日子來，太疲倦了！」

他說了這幾句話，再打了一個呵欠：「希望我一到農莊，哈山就哇哇大叫着衝出來，唉，我寧願打賭輸了，也比他從此不出現的好！」

聽到白老大的口中，冒出「他從此不出現」這樣的話，我不禁感到一股寒意。

白老大的神情，證明他在那樣說的時候，也大是駭然——他熟知哈山的脾氣，打賭贏了，一定會在第一時間出現，不會拖延。

可是現在，哈山的影子都沒有！我一直覺得整件事，十分怪異，白素的態度也是，這時更怪，她應該至少安慰白老大幾句，可是她卻抿着嘴不出聲，也不知道她在想些什麼。白老大又嘆了幾聲，意興闌珊地揮着手，自顧自走了開去，看着他的背影，我不禁又長嘆了一聲。

半小時之後，我們才正式和白老大分了手——在一條岔路口，白老大駕車向右，回他的農莊去，我和白素轉向左，到那座工廠去，載運着那隻大箱子的重型貨車，就跟在我們的後面。

我駕車，白素一直在沉思，我感到很沉悶，就找些話來說：「那位女俠，辦事好像十分利索快捷？」

白素微笑：「當然，不然，她哪會有這麼多傳奇性的經歷！」

我聽得她這樣說，就挺了挺胸，白素明白我的意思，笑了起來：「當然，大名鼎鼎的衛斯理的傳奇更多！」

我又道：「那次我們長途電話打了超過兩小時，那位女俠一直在旁邊？」

白素笑而不答，我再問：「我好像聽得她說了一句『你看那些魚』，你們在討論的問題是什麼？」

白素深深吸了一口氣：「我們談的事情太多了，天文地理，哲學人生，簡直沒有任何限制，和她長談，才明白古人秉燭夜談，通宵達旦的樂趣！」

我總覺得白素略有隱瞞，所以追問：「最主要的話題是什麼？」

白素側着頭，笑而不答，從她的神情來看，事情不應該很嚴重，既然她不想說，我也沒有必要再追究下去了。

說着話，自然不會覺得時間的過去，約一小時車程之後，就轉進了一條小路，小路口子上，就有一個崗卡，有兩個穿着制服的警衛，迎了上來。

我才減慢車速，那兩個迎向前來的警衛，就十分恭敬地退向兩旁，作了一個示意我們駛向前的手勢。因此可知我們受到十分尊重的待遇。像這樣的崗卡，在這條不足兩公里的小路上，竟有六處之多。然後，是相當高的鐵絲網，圍着廠房。

廠房的規模不是十分大，廠房也並不高聳，從外面看去，整個工廠，不像是工廠，因為到處花木扶疏，青草地保養得很好，看來像是一所療養院。

工廠的大門口，有兩根巨大的石柱，自然也有警衛，等到我們駛進了大門，才被一個穿着整齊的西服的人，示意我們停下來。

我和白素下了車，那人迎了上來，自我介紹：「我是廠長，雲四風先生已指示我，為兩位作任何工廠設備所能做到的服務，並且向他報告工作的情形。」

我和白素都互望了一眼，同時注意到眼前這個中年人的自我介紹，十分奇特。通常自我介紹，總是先說自己的姓名的，可是他卻是說自己的職銜，絕無說自己姓名的意思。我不知道這座工廠的性質，但從警衛如此嚴密看來，可能生產的內容，涉及機密。可是機密若到了廠長的姓名都不可告人時，就未免太過分了。

我淡然道：「那太好了，廠長先生！」

我在「廠長先生」的稱呼上，特別的加強了語氣，廠長顯然聽出了我的意思，可是他仍然只是笑了笑，我指着跟着我們駛來，也已經進了大門的載重貨車，指着那隻大箱子：「想利用貴廠的設備，把這隻箱子打開來。」

廠長瞇着眼，看了一會，才道：「對不起，這……箱子必須在這裏卸下來，兩位請原諒，我們的工廠，不對外公開。」

我揚了揚眉，白素伸手在我的手臂上捏了一下，示意我別表示不滿。

我攤了攤手：「隨便你處置，不過，我希望先有一次工程進行方案的會議！」

廠長連連點頭：「當然可以，我立即安排，請兩位先休息一下，是雲四風先生的休憩所。」

這時，有一輛輕便車駛了過來，廠長招呼着我們上車，駛過了一條林蔭道，在一幢方形的建築物前，停了下來，廠長先下車，帶着我們進了那座建築物。

那是一幢從外型到裏面，都超時代得難以形容的建築物。一進了裏面，簡直就像是到了科幻電影的佈景一樣，有趣之至。

廠長略為介紹了一下：「雲四風先生和夫人，都走在時間的尖端，所以他們喜歡這樣佈置。」

我在一張形狀古怪的椅子上坐了下來，坐下去，倒十分舒服，白素提出了要求：「希望盡快就可以有工作會議的召開。」

廠長忙道：「可以，可以，這屋子中就有會議室，雲先生常在這裏召開廠務會議！」

這時，又有兩個穿制服的人走了過來，廠長指着他們：「有什麼事只管吩咐他們去辦，我去安排有關人員，盡快前來。」

當廠長離開之後，我用上海話對白素道：「你的朋友招待周到，可是不夠……自己人！」

白素皺了皺眉，她當然有同樣的感覺：「可能人家有人家的困難，我們畢竟是不速之客！如果他們有什麼要防範我們的，也別見怪。」

我沒有再表示什麼，白素說得對，我們畢竟是不速之客，而且又有求於人！

那兩個侍者，我當然認為他們聽不懂我和白素的交談，他們看來也不是願意說話，只是毫無表情地站着，一動不動。雖然他們沒有任何行動，可是我仍然有着被他們監視的感覺，我站了起來，走到窗口，向窗外看去，發覺外面的樹木，種植得十分巧妙，恰好全阻住了視線，使人看不到遠處的情形。

我感到這整個工廠，都充滿了一種神秘的氣氛，趁白素也來到了我的身邊時，我又低聲說了一句：「我真不能肯定我們是不是找對了地方！」

白素的神情，也有幾分疑惑，但是她卻極肯定地說：「木蘭花是一定可以相信的！」

她說了之後，頓了一頓：「或許是由於近年來他們在進行的工作十分重要，再加上每個人行事方法的不同，所以才使你不習慣！」

我悶哼了一聲：「江湖上都說他們在進行一樁十分重要的事，我看也是故作神秘！在地球上，有什麼事是大不了的！還能把喜馬拉雅山削平了填到太平洋去？」

白素不說什麼，只是笑了笑——每當我脾氣不好，而略有無理取鬧的傾向之際，她就會有這樣的神情，我沒好氣，轉向那兩個侍者。

那兩個人雖然不出聲，可是目光一直在我們的身上打轉，所以我也不必和他們說話，只是向他們作了一個手勢，表示要喝些什麼。

在我作了這個表示之後，接下來所發生的事，倒極富娛樂性，只見兩個侍者之一，取出了一個遙控器來，按下了一個掣鈕，就有一個球體，向前移動，同時掀開了半球形的蓋，球體竟然是一個新型的酒車，裏面有着各種美酒。

球形酒車來到我的面前，我伸手向其中一瓶酒，手指一碰到酒瓶，球型酒車的兩邊，突然伸出了兩隻機械手臂來，夾住了那酒，同時打開，取酒杯，斟酒，又送到了我的面前。

這一切，雖然並不算是十分奇特，可是配合所在環境的奇幻超時代佈置，也就頗有奇趣。我把酒接了過來，不禁呵呵而笑。

白素看得有趣，也向其中的一瓶酒伸出了手，也是在手指才一碰上酒杯，就有了一連串動作。

白素接酒在手，向那兩個侍者道：「看來這裏的一切裝置，都可以憑遙控發動？」

一個侍者道：「是！」另一人侍者道：「在夫人面前的是一個十分精緻的載酒機械人，它的電腦記憶系統，可以調配一百種以上不同的雞尾酒。」

白素高興地道：「好極，等一會來試一試！」

我心中想，白素怎麼也會童心大發了？這種精緻的機械人，給良辰美景溫寶裕他們看到了喜歡不盡，才是正理。

等我們喝完了酒，廠長已匆匆走了進來：「兩位請，有關人員都已經到了！」

他一面說，一面抹着汗，講話也有點急促，可知一切全是在最急迫的時間內完成的，看到這種情形，白素望了我一眼，似乎在說：「你看，也不能說人家的接待太不夠自己人了！」

我略為攤了攤手，表示我仍然有種陌生人被隔離之感，他們殷勤周到，可就不把我們當自己人，有着一種在禮節掩飾下的冷漠！

跟着廠長出去，轉了兩個彎，進了會議室，已有四個人在，見了我們，一起站了起來。

在廠長介紹他們之前，我先約略介紹一下廠長。廠長是一個樣子很普通的中年人，神色嚴謹，中等身形，有一頭深棕的頭髮，目光深邃——他連自己的姓名都沒有說，我自然也只好介紹他的外形。

當他一介紹那間佈置特異，幾乎全是白色的會議室中的那四個人時，我和白素，又呆了一呆。

我看到白素在盡量裝出十分自然的神情，我自然也不便表示過分的驚訝和不習慣。

第七部

夢裏不知身是客

廠長在介紹那四個人的時候，居然仍然只介紹他們的職銜，而不提及他們的姓名——而且，他在那樣做的時候，神態十分自然，像是應該就是如此一樣！

我也知道為什麼我一直有被隔離的陌生感了，就是因為我只知道這個人是廠長，而對這個人的其餘一切，一無所知之故。

職銜只是一個空的名稱，任何人都可以頂着這個名稱活動，一個人，如果只有職銜，沒有名字，那麼在感覺上來說，這個人在感覺上，只是一個機械人。

我記得白素的話，我們只是不速之客，所以我盡量不使自己的不快表現出來。廠長介紹的那四個人首先是一個樣子看來十分木訥，可是他一雙閃爍的眼睛卻告訴人他實在是心思十分玲瓏的中年人，看來像是亞洲人，他的職銜是副廠長。

然後是總工程師——那是一個皮膚蒼白得異樣，手伸出來，手指修長柔軟，看來更像鋼琴師的一個三十多歲的男人，有着一頭灰髮，眼珠也是灰色，看起來，像是一種什麼野獸的眼睛。

再一個是總務主任，在一和他握手的時候，這胖子卻十分熱忱，而且他握手的氣力很大，他道：「在工程上，我幫不了什麼忙，可是在設備上如果有需要，我會盡一切力量來調度，哪怕遠在阿拉斯加的東西，如有需要，我也可以最快弄了來。」

到了這裏之後，遇到的人，都有陰陽怪氣之感，難得有一個熱情的，我也感到高興，連聲道：「打擾你了，總務主任先生！」

在我這樣稱呼他的時候，他略有尷尬的神情，可是也一閃即過：「哪裏！哪裏！雲先生吩咐下來的事，我們一定要盡力而為！」

我沒有再說什麼，廠長介紹第四個人，是一個有着體育家身形的青年人，全身上下，瀰漫着急待散發的精力，他的職銜是技工領班——全工廠的技術工人，都歸他調度。

廠長介紹完了四人，向我望來：「還是不是需要有特別人員？」

白素想了一想，才道：「在工程進行之時，最好有一組急救醫務人員在場！」

在什麼都沒有說明之前，白素這樣的要求，聽來十分突兀。

我自然知道她的意思，她一直認為哈山還有可能在那隻大箱子之中，要急救人員在箱子一打開之後，第一時間接觸他。

可是白素那種突兀的提議，卻沒有使得在場的任何一個人有訝異的神色，似乎他們每一個人都有泰山崩於前而色不變的本領！

當每一個人都坐了下來之後，我就把事情的經歷，說了一遍。我說得相當簡單扼要，當我說到一半的時候，總算在每個人的臉上，都看到了好奇的神色，不然，我還以為在這裏的人，根本沒有好奇心的了。

等我說完——在這之前，也說了在船上弄不開的箱子的情形——之前，我道：「想請各位完成的是，把那隻大箱子打開來！」

這時，廠長按動了幾個掣鈕，牆上現出一幅巨大的熒光屏來，已被卸下，停放在空地上的那隻「大箱子」，清楚地出現在熒光屏上。

那胖子總管這時道：「看來真像是一隻大凍肉櫃，是在海上發現的？」

總工程師卻已下了命令：「立即對目標物進行金屬成分測試。」

技工領班是小伙子，頭腦也十分靈活：「不妨先進行X光透視！」

總工程師立時同意，又下令X光組立即行動。

廠長到這時，才會意白素剛才那突兀的要求，他有點駭然：「不可能有人躲在裏面八十天吧！」

白素道：「可是哈山先生不見了，他有可能在這……容器之中，出了意外。」

幾個人互望着，顯然他們心中都有不少猜測，可是他們又感到，在這裏胡猜，不如立刻展開行動，把箱子打開，弄個真相大白的好。

他們全是實際行動派，廠長道：「兩位請先住下來，我們會每小時向兩位匯報工程的進度！」

這時，在熒光屏上，已經可以看到，一輛重型吊車，正輕而易舉地把那大箱子吊了起來。廠長道：「一到施工的廠房，一切可以立刻進行。」

我提出：「我要參加工程的進行！」

廠長面有難色，遲疑着不知如何回答才好，總工程師卻已有了相當不客氣的拒絕。

總工程師以他聽來相當堅定的聲音道：「對不起，我們所使用的一些機械，都十分新型，而且，操作起來，十分……不按常規，如果不是熟悉的技術人員，很容易有意外！」

他講到這裏，沒有再說下去，還是由廠長來下結論：「所以……讓我們來進行工程，比較……好些！」

我不出聲，白素也不出聲，我們兩人，都顯著地表示了自己的不滿，氣氛十分僵。

那小伙子的頭腦十分靈活，在僵硬的氣氛中，他道：「這樣好不好，我們在施工現場，裝置直播電視，使兩位可以看到施工的一切過程，並且也可以提出任何詢問，我們會立刻回答！」

我和白素互望了一眼，我道：「既然各位堅持我們不適宜在現場，也只好這樣了！」

廠長一聽，有如釋重負之感，副廠長等人，看來急於展開工作，匆匆離去。廠長又逗留了一會，告訴我們，這建築物中，到處都有巨大的熒光屏，各種設備，都有遙控器控制，他叫來了那兩個侍者，把一具有着許多按鈕的遙控器和一具小型流動電話交給了我們。

一直到這時為止，主人方面的一切行為，都周到之極！廠長還詳細解釋了那遙控器的用途。對於雲四風先生的一切，我本就略有所聞，他是一個電子機械的狂熱分子，有過許多精巧之極的新發明，這一點，單從現在在我手中的那具多功能的遙控器，就可以看出來。

這遙控器，甚至可以按鈕召喚一架無人駕駛的直升機，停在這屋子的屋頂上，使有需要的人，立時可以駕機到目的地去。

廠長指着那具小型的流動電話：「這是我們工業系統的出品之一，作為一種禮物，送給好朋友。」

我聳聳肩：「我對這種東西，不是很有興趣。」

廠長陪着笑：「是，是，有的人認為隨身攜帶流動電話，十分沒有身分，也干擾生活。不過這一具的發射和接收系統，和世界各地的電話傳遞系統都有聯絡，又有雲氏工業系統的通訊衛星作總調度，所以，還算是相當實用的東西。」廠長看來十分擅於辭令，他一方面並不反對我的意思，一方面不亢不卑地介紹着那部電話的功能——那是一具在任何地方，都可以和任何地方通話的超功能電話！而雲氏工業系統，居然擁有自己的通訊衛星，這也頗令人刮目相看。

我沒有作什麼特別的表示，白素把那具如一包香煙大小的電話接在手中，把玩着：「看起來比戈壁沙漠設計的一些東西還要有趣。」

戈壁沙漠是兩個人的名字，他們兩人都極歡喜自己發明製造許多小巧無比的小玩意，如個人飛行器等等。白素這時，當然是隨便說說的，可是廠長的反應，卻十分熱烈，他「啊」地一聲：「夫人認識戈壁沙漠？」

白素微笑：「不是很熟。」

廠長現出十分佩服的神情：「這兩位先生是雲氏工業系統的高級顧問，年前，他們曾到本廠來三天，提了不少改進的意見，實用之極！」

我趁機道：「要不是路途太遠，我們會把那大箱子交給他們！他們一定能打得開它。」

廠長的自尊心，似乎受到了傷害，他紅了紅臉：「請放心，如果我們這裏打不開它，我相信地球上再也沒有地方可以打開它了！」

我笑了笑：「拜託拜託！」

廠長這才離我們而去，白素望了我一眼，嘆了一聲：「我們實在不能再埋怨什麼了！」

我冷笑：「這個工廠是生產什麼的，你知道嗎？」

白素皺着眉：「你要求太多了！你只不過是要求在這裏打開一隻大箱子，人家絕沒有必要向你介紹整個工廠的業務！」

我又悶哼了一聲：「他們堅持不讓我們在現場，這一點，你也曾表示不滿！」

白素十分容易原諒別人，她淡然笑道：「用電視直接轉播，有何不同？」

我呵呵笑了起來：「電視播映可以做手腳的，有不能讓我們看到的情形，可以輕而易舉的掩飾過去！」白素望着我，那神情像是望着一個無可藥救的頑童：「任何人都有權保留自己的秘密，那是他們的權利！」

我咕噥道：「凡是要保守秘密的，總不會是什麼好東西，鬼頭鬼腦，最討厭這種行為！」

我說到這裏，忽然起了一個念頭，所以在說話之間，略有停頓——那不會超過十分之一秒，別人根本不可能覺察得到！

白素對我實在太熟悉了，她立即覺察，而且也立刻知道了我想幹什麼，她又吃驚又責備：「你不是想要弄清楚這工廠的生產秘密吧？」

我沉聲道：「正有此意。」

白素十分不高興：「那太過分了，人家這樣幫我們，卻反而招惹麻煩上身，開門揖盜，引人刺探他們的秘密來了。」

我一聽，連忙向白素作了一個長揖：「娘子言重了，怎麼連『開門揖盜』這種成語也用上了？」

白素笑了起來：「你若是在這裏刺探秘密，那句成語也就很用得上！」

我也笑：「我確然很想知道這個工廠的一切，因為我覺得在這裏進行的事，極其神秘，一定牽涉到一個十分重大的秘密，你知道，探索秘密，這是我與生俱來的性格，不可能改變的！」

白素指着我：「那你也不能胡亂來，世上神秘事件太多，你哪能一一探索？」

我趁機握住她的手：「為什麼那麼緊張？」

白素嘆了一聲：「老實說，這個工廠是雲氏工業系統的一部分，和木蘭花極有關係，我不想你的行動影響我和木蘭花之間的友誼！」

我呵呵笑着：「看來這位大名鼎鼎的女俠，極具魅力，什麼時候倒要會一會她。」

白素道：「一定有機會——不過最好不要處在敵對的地位，不然，傳奇人物衛斯理的一世英名，只怕會付諸流水！」

我誇張地大笑了三聲：「我才不會——」

我講到這裏，陡然住了口，沒有再說下去，白素則狠狠瞪了我一眼。

我沒有說出來的話是「我才不會陰溝裏翻船！」我之所以不說出來，是由於這句話，對木蘭花女俠頗為不敬，那也不是我的本意，流於輕浮，所以我才這時把下半句話嚥了下去。

我接着又十分自得，因為我有了新的主意：「我想知道這工廠的一切，可以說輕而易舉，例如換上夜行衣，帶一隻小電筒，偷進去刺探秘密！」

白素用相當疑惑的神情望我，我拍着手笑：「你聽了廠長的，戈壁沙漠曾以高級顧問的身分在這裏指導過生產，只要一問他們，不就什麼都知道了？」

我說着，已從白素的手中接過電話來，迅速地按着鈕掣。我的行動，頗出乎白素的意料之外，她像是想阻止，但是卻又沒有行動。

我明白她的心意，她其實也很想知道這個工廠究竟在幹什麼事，可是又怕傷害她和木蘭花之間才建立起來的友誼，如果我可以從戈壁沙漠那裏，知道一切，她自然不會反對。

事情到這時為止，我想知道這工廠的一些情形，顯然是出於好奇。

我是一個好奇心極強的人，熟悉我的人都知道這一點。正如我剛才對白素所說，那是我與生俱來的性格，除非我身體的每一個細胞的染色體都經過改造，不然，「江山易改，本性難移」，再也改不了的了。

極強烈的好奇心，可以算是我的一大優點，也可以說是我的一大缺點！但不論如何，種種怪異的遭遇，變成許多離奇的故事，十之七八，都是由於有強烈的好奇心而來的——這時，我忽然解釋了那麼多，其實只是想說明，當時我只是好奇，以後又發生了一些事，那不是始料所及的。

在廠長離開之後，我和白素一面說話，一面也早已離開了會議室，在屋子到處走動，還不時試着遙控器的功能，令得屋子中許多機械人，穿來插去，十分熱鬧——由於先着意講我和白素之間的對話，所以這些全部略去了。

當我按下電話的按鈕時，我們在一個十分舒適的起居室之中，我坐在一張柔軟的椅子上，白素則佇立在一幅嵌在牆中的熒光屏前。

我也向熒光屏看了一眼，看到熒光屏上顯示的，是許多數字，還不時有彩色的光譜現出來。我不禁讚歎：「他們的行動真快，對那大箱子的金屬探測，已經開始了！」

白素點了點頭，全神貫注。

那顯示出來的數據和光譜，自然只有專家才看得懂，不過白素常識豐富，至少也可以了解一個梗概，她在喃喃地道：「看來電腦無法對那種金屬進行肯定的分析！」

我趁電話還未接通，我「哈哈」一笑，說了一句我說過不知多少次的話：「那不是地球上的金屬！」

我預期白素會失笑，可是她卻沒有笑，顯然她認為大有這個可能。

接下來的事，要分開來敘述：我去打電話，白素在注視熒光屏，以及和廠長他們通話，我心有兩用，同時進行，但在敘述的時候，卻只能一一敘來。

電話接通，我聽到了一個懶洋洋的，拖長了尾音的聲音：「喂——」

一聽到這種腔調，我心中就大是有氣，所以我大喝一聲：「振作一點，別把自己看作是一頭思春的小雄貓！」

發出那陰陽怪氣的「喂」的一聲，自然是溫寶裕，他多半又在想他的那個苗女藍絲，我這樣責備他，絕不會冤枉他！可是，也不發生作用。

我聽到的，又是悠悠一聲長嘆，他居然吟起詩來：「唉，酒入愁腸，化作相思淚！」

別責怪說粗話的人，有時，還真非說粗話不可，像溫寶裕現在這種情形，粗話就極有效！不過，溫寶裕畢竟是一個少年人，我縱使生氣，但如果竟然說起粗話來，卻也有大失身分之嫌了。

我只在喉間咕噥一聲，隨即道：「不要再吟詩了，怎麼能和戈壁沙漠聯絡？」

溫寶裕「啊哈」一聲：「發生了什麼事？人家想見你幾次，你都推三搪四，怎麼反而要主動和人聯絡了？」

我大是惱火：「你能不能少說點廢話？」

溫寶裕沉默了幾秒鐘，才道：「真可怕，白老爺子打賭輸了，那個叫哈山的老頭子竟然一直沒有出現？」

我感到奇怪，剛想問「你是怎麼知道的」，就陡然明白，溫寶裕知道了經過，不消說，一定是白老大打電話告訴他的。

白老大和溫寶裕，一老一少，大是投機，白老大輸了這場打賭，而且哈山竟然一直未曾露面，他老人家又是沮喪，又是訝異之餘，自然要找人說說話，或許他覺得我和白素話不投機，所以才去找溫寶裕訴說的。

溫寶裕這小子，這時閒閒地提起來，只怕目的就是要我問他「怎麼知道的」，那麼，他就可以笑我「連這一點都猜不到」了。

所以，我也淡然置之，一點也不覺得奇怪：「我正在探索哈山老頭的下落，戈壁沙漠——」

溫寶裕立即告訴了我一個電話號碼，跟着又道：「我有一個想法，有許多記載，人躲起來，結果躲到了另一個空間之中，出不來了！」

我吸了一口氣，溫寶裕這種說法，不算是特別新鮮，在許多記載之中，人會無緣無故失蹤（甚至是整隊車隊），都可以歸於進入了另一個空間。在捉迷藏的遊戲之中，也有進入另一個空間，甚至在時間之中自由來去的記載——地球上有若干「點」，是空間和時間的突破點，只要找到了這個點，就可在不同的空間和時間之中，自由進出，變得神秘莫名。

我的回答是：「有這個可能！」

溫寶裕又道：「我曾假設過哈山利用鏡子折光的原理隱藏他自己，他在鏡子之中久了，忽然進入了鏡子之中，也大有可能！」

我不禁苦笑：「據我所知，至少有兩部電影，七篇小說有過人進入鏡子之中的情節，有的在我沒出世之前就存在了！」

溫寶裕咕噥了一句：「任何可能都要設想一下，那大箱子是怎麼一回事？還沒有打開來？」

我悶哼一聲，看來白老大對他說的經過，十分詳細，我簡略地回答了幾句，溫寶裕忽然高叫起來：「我知道了！你找戈壁沙漠，是想他們幫助你打開那隻大箱子來。」

我大聲回答：「不是。」

溫寶裕卻自顧自十分興奮地道：「我來幫你聯絡，你在什麼地方？那大箱子要是打開來，哈山老頭還在裏面的話，那才是奇怪之極的事情了。」

他滔滔不絕地說着，我好幾次喝令他停止說話，可是他堅決不聽，仍在發表他的意見：「生物有時可以在不可思議的環境下生存，你自己就親眼見過超過十公尺的硬土之中不知生活了多少年的黃鱔，也有在煤層之中被發現的青蛙，哈山老頭在那箱子中不過八九十天，大有可能，鮮蹦活跳出來！」

我嘆了一聲：「你也不想想，他若是鮮蹦活跳在箱子裏，為什麼打賭贏了，還不出來？」

我可以想像得出溫寶裕在聽了我的問題之後，急速地眨眼的樣子，他居然很快就有了回答：「或許他算錯了日子？人老了總不免糊塗些！」

我大喝一聲：「你一點也不老，可是一切卻糊塗透頂！」

溫寶裕道：「我一點也不——」

我沒有等他把話說完，就按下了電話，同時，長長吁了一口氣。

白素望着我笑：「小寶愈來愈有趣了。」

我向上翻了翻眼，停了片刻——和溫寶裕這種人講過話之後，至少要有一分鐘的時間，調整一下呼吸的頻率，和使自己的思想方法，趨於平常。

然後，我撥了溫寶裕給我的那個電話，電話才一通，我甚至沒有聽到對方的電話鈴聲，就已經有人接聽了。我第一個想法是，那一定是戈壁沙漠他們的什麼新裝置，可以在第一時間接聽電話。

可是我立即知道自己想錯了，因為那裏面傳來的是十分高興的聲音，我還根本沒有出聲，那高興的聲音就道：「你好，衛斯理先生，我是戈壁。」

接着，另一個聲音，比較沉重，也道：「你好，衛斯理先生，我是沙漠！」

我不禁啞然，那一定是溫寶裕搶先告訴了他們，我會打電話去的原因，長途電話有電腦開始計時的聲音，他們要猜知是我的電話，也就十分容易。

白素在一旁，聽到戈壁沙漠的聲音，自然也猜到了原因，向我作了一個鬼臉，我也連忙向他們問好，他們立刻又道：「有什麼事能為你效勞！」

我不禁呆了一呆。我找他們，目的向他們查問這個屬於雲氏工業系統的工廠，究竟主要的業務是什麼。可是在那一剎間，我卻很難問得出口，因為那畢竟是屬於打聽他人隱私的一種行為，不很光明正大，我和他們又不熟，不好意思問出口來。

我向白素望去，白素卻只是笑瞇瞇地望着我，大有幸災樂禍之意——她本來就勸過我不要那麼好奇的。

我遲疑了一下，只好含糊地道：「我現在在法國，里昂附近的一家工廠中，工廠屬於雲氏工業系統。」

我立時聽到了回音，那高而嘹亮的聲音，我認得出他是戈壁，戈壁立時道：「啊，那工廠，他們生產最先進的電子設備，專供各國太空總署的各種宇航設備之用，衛先生，你準備自己弄一顆人造衛星玩玩，還是想自備一架太空穿梭機？」

戈壁他在這樣問我的時候，語氣十分認真，像是我真有這樣興趣的話，也就不難達到目的一樣。

我忙道：「不！不！暫時我還沒有這樣的打算！」

沙漠的聲音比較低沉：「那家工廠完全可以做得到，他們的出品裝箱運出去，運到目的地之後，再裝配起來，就成了目的地國家自己的出品，還好他們很有交易原則，不然，只怕要世界大亂了！」

我和白素互相望了一眼，不由自主，各自伸了伸舌頭。難怪這家工廠的保安如此嚴密，看來我們找錯了地方，正合上了「殺雞用牛刀」這句話了，生產那麼高度精密產品的工廠，我們卻來要求他們打開一隻箱子！

白素作了一個手勢，我連連點頭，白素的意思是，若不是通過木蘭花，當然絕無可能得到工廠方面的接待。

這工廠的產品，世界各國，不論大小，沒有不想得到的，如果他們無原則地供應，那麼，什麼國家都可以擁有最新、最有效的武器，戰爭的危機，自然也大大地增加了。

戈壁又補充了幾句：「美國的星際戰爭計劃，也在他們答應協助之後才公布！」

我苦笑了一聲，還沒有說話，沙漠已經又說了話，從他的話聽來，他這個人，性格十分直率，所以他的話，雖然令我尷尬，但我喜歡直率性格的人，所以並不怪他。

沙漠說的是：「衛先生，聽小寶說，你要求工廠方面打開一隻大箱子？只怕你令得他們十分為難了，他們的工作不包括這種原始的工作，那就像……就像……」

我苦笑，在他還沒有找出一個適當的譬喻時，我已經自嘲：「那等於一本正經向愛因斯坦求助，請他解答一個簡單的乘數問題一樣！」

沙漠「呵呵」笑了起來：「很生動，衛先生，箱子一定已經打開了？」

白素接了口：「沒有，看起來，那箱子不是那麼容易打得開。」

在我和溫寶裕、戈壁沙漠通電話的時候，白素一面旁聽，一面仍十分專注地在留意着熒光屏上的變化。

工廠方面十分守信，在那個廠房之中，對那大箱子的測試工作的所有情形，都通過電視設備，直接在熒光屏上出現，我們和身在現場，也沒有什麼分別。

這時，金屬成分的分析，看來沒有結果，電腦數字還在不斷閃耀，沒有結論。

有幾個技工，已在用各種不同的工具，試圖打開箱子，看來並不成功。另有一架看來奇形怪狀的儀器，正被移近。

戈壁沙漠在這時，同時叫了起來：「怎麼可能？」

我吸了一口氣：「現在，有一架像舊式重型機槍一樣的儀器正在移近那大箱子——」。

戈壁「啊」地一聲：「那是激光切割儀，衛先生，出動到這副儀器，事情可不簡單——」

沙漠的聲音也傳來：「我們還等什麼，有這種事，我們豈可不在場？」

戈壁大聲回答：「說得是，衛先生，我們見面再說，立刻就到！」

我又是好氣，又是好笑：「立刻到，多久？」

戈壁沙漠齊聲長嘆，想來是我的話，觸及了他們的隱痛，因為他們的發明再多，所製造的東西再走在時代的尖端，也無法立刻從地球的一端，趕到另一端出來。

戈壁糾正了他剛才的說法：「盡快趕來——我們和工廠的關係十分好，隨時可以來，廠方還保留着我們顧問的名義！」

他們要來，我自然也無法阻止，才說了一個「好」字，白素比我細心，在一旁道：「兩位是不是先和廠方聯絡一下，並且表示兩位是自己要來的，不是出於我們的邀請，免得廠方以為我們低估他們的工作能力！」

戈壁沙漠沒口答應，和他們的通話結束了。

這時，在熒光屏上看到他的情形是，那大箱子被推進了一個大的罩子之中——大箱子被放置在一排滾軸上，所以推動並不困難。

那具激光切割儀，也被推了進去，接着，是一個穿了如同潛水銅人一樣的保護服裝的人，進了那個罩子，罩子打開的一面，也被關上，罩子中的情形如何，我看不見了，而在外面的人，神情都十分緊張，總工程師在叫着：「開始倒數！」

在熒光屏上看到的情形，同時也可以聽到聲音，只不過工程進行時，沒有人說話，也幾乎沒有什麼雜聲發出來，所以總工程師的那一個命令，聽來就十分響亮。

也就在這時候，我和白素齊聲叫：「等一等！」

事後，我和白素都說，在這樣叫的時候，根本不知道對方是不是也聽得到我們的聲音！

在那個廠房之中，也有巨大的熒光屏，顯示的是在那個罩子之中，激光切割儀將要工作的情形。

（在熒光屏上看熒光屏上的情形，可算複雜。）

我們一叫了出來之後，就立刻可以知道，在那個廠房之中，可以聽到我們的聲音。廠長、總工程師等所有人，都向一個方向望去——那自然是我們聲音傳出的方向。

接着，就是總工程師的聲音，他在說話之前，先用力揮一下手，才叫：「停止倒數！」

然後，他睜大了眼，望着一個方向，我們在熒光屏看來，他就像是面對着我們，他蒼白的臉上，現出了十分不耐煩，和大有惱怒的神色，他沒有說什麼，顯然只是在等待我們進一步的解釋。廠長、副廠長的神情也和總工程師一樣，未見那個技工領班，我推測穿了保護服裝，準備操縱激光儀的就是他。

我和白素同時又急道：「如果那容器內有人，激光儀是否會對他造成損害？」

總工程師咕噥了一句：「如果容器中有人！」我忽然想起，這個問題，不必「如果」，應該很容易肯定！所以我立刻叫了起來：「為什麼不對這容器進行X光透視？」

廠長嘆了一聲，擺了擺頭：「對不起，我們心急，在移運這容器的途中，我們已經進行過了。」

我和白素齊聲問：「內部的情形如何？」

廠長的聲音很沮喪：「這容器有防止X光透視的裝置，相信是一層相當厚的夾層，所以什麼結果也沒有！」

廠長說到這裏，忽然停了一停，自口袋中取出了一具流動電話來，接聽電話。

我估計那是戈壁沙漠給他的電話，我又道：「我看不出在廠房現場有什麼危險，也很不喜歡這樣子隔着通訊設備來見面，請派人來帶領我們到廠房去！」

相信在廠房中的所有人，都聽到了我強烈的要求，廠長也在這時，收起了電話，我看到了很多人都向他望去，等待他的決定。

廠長的答覆來得極快：「好，衛先生，請你稍等一下，會有人帶你到廠房來。」

我知道廠長答應得那麼爽快，多半和戈壁沙漠的電話有關連。也有可能，他們一直以來，把打開那個容器看得太簡單了，但到了現在，他們知道那並不是容易的事，所以也感到要有我們在現場參加。

大約五分鐘之後，總工程師親自來到，我們離開了那幢建築物，登上了一輛輕便車，在樹蔭花叢之間穿插着——這座工廠一點也不像工廠，甚至寧靜之極，倒像博物院或者圖書館。

不一會，就進入了另一幢建築物，就是我們在熒光屏上看到的那個廠房，廠長和副廠長都迎了上來。廠長的神情頗有些不好意思，他說的第一句話是：「雲四風先生早就吩咐過我們，一切都要盡衛先生之意，而不想衛先生伉儷在現場，確然是為了安全的理由。」

我和白素淡然笑，我道：「我對貴廠所給予的熱切招待，十分感激。」

廠長像是吁了一口氣——他可能開始時並不是很知道我的真正來頭，這時一定已知道大半了。所以態度上，基本已把我當作了「自己人」，沒有了那種陌生感。

寒暄完畢之後，白素又提出了老問題，總工程師苦笑：「激光能切割硬度達到九點八度的特種合金鋼，所以，如果容器中有人，當然會受到傷害！」

白素皺着眉，望向我，我也作不出決定，雖然哈山在那容器內的可能性，少之又少，但是總不能完全排除，萬一他在那容器之中呢？

在我和白素猶豫不決時，看來外型更像藝術家的總工程師，忽然嘆了一口氣：「兩位不必擔心了，照我看，激光儀可能根本對付不了容器！我們的電腦竟然分析不出它是由什麼金屬製造的！」

我道：「先切一隻角試試？」

總工程師點頭：「我們正準備這樣做！」他說了之後，望着我們，見我們沒有異議，才又道：「倒數開始！」

罩子中的情形，我們無法直接看得到，那自然是為了安全的理由。

熒光屏的右上角，出現了數字，自九開始倒數，技工領班把激光儀的發射管調整得斜向上，對準了那「大箱子」的一角。

如果激光能割開那容器的話，那麼一發射，容器的那一角就會被切割下來，先肯定了這一點之後，再來設法防止萬一裏面有人，如何可以避免發生意外。

那十秒鐘的時間，異常的長，終於，看到一股激光，射向那容器的一角。

接下來發生的事，令得所有人都目瞪口呆，連得操縱激光儀的技工領班，也呆了將近兩秒鐘才能應變！

那股激光，射了上去，非但不能損害那容器分毫，而且，立即反射了出來，以光線的折射角度，先反射向那個罩子，「嗤」地一聲，罩子就穿了一個洞，光線穿罩而出，疾射向廠房的頂。

又是「嗤」地一聲響，看來無堅不摧，就是無奈何那容器射的激光，又已洞穿了廠房的頂，直射了出去！

這時，所有人的吃驚程度，當真難以形容。誰都知道，激光必然循直線行進，理論上來說，可以達到無限遠，在激光行進的矩上，不論有什麼，都會被它摧毀，若是它一下子射到了月球上，會引起什麼天體的巨變，也是未知之數！

在這種人人怔呆的情形之下，最鎮定的是白素，她在一秒鐘之後就急叫：「停止！」

那技工領班——後來大家都對他佩服不已，他不知是聽到了白素的呼叫之後有了反應，還是他自己在危急之中先定過了神來。

總之，在至多兩秒鐘之後，激光儀便已停止了操作。

剎那之間，人人屏住了氣息，有幾個人，不由自主，抬頭凝望着廠房頂部的那個小孔。

總工程師首先打破死一樣的寂寞，他的聲音有點發顫：「天，我們是不是闖了大禍？」

這個問題，也是每一個人在這一剎間都想到的問題：剛才陡然射出去的那股激光，持續了兩秒鐘之久，是不是已闖下了大禍？

激光以光速行進，兩秒鐘，可以射出去六十萬公里了，在這六十萬公里之中，要是有什麼遇上了這股激光，會有什麼結果？

在大氣層之內，若是有任何飛行物體，不幸遇上了，自然立即解體，在大氣層之外，激光深入太空，也有可能遇上許多在太空軌迹中運行的物體！

如果激光恰好射中了哪一國的人造衛星，那會被誤認為星際的激光大戰已經開始，那會有什麼後果？

連我想起了有這樣的後果，也不禁手心冒汗，難怪人人都臉無人色。沒有人回答總工程師的問題，也沒有人出聲，大家都不知在等什麼。

後來，我和他們熟了，自然也都知道了他們的名字，在一次閒談之中，又談起了那天在意外發生之後，至少有五分鐘的沉默，究竟是為了什麼。

當然是為了極度的驚恐，但是也有很大的一部分，是下意識在等待若是闖了禍，所引起的後果！

正如我在當時所想到的那樣，如果激光破壞了一個極重要的飛行體，那麼，有可能世界大戰，在三分鐘之內爆發，大有可能，就在我們等待的那幾分鐘之內，就有核子彈在上空爆炸。

那幾分鐘的沉默，事後回憶起來，人人都震驚莫名，手足麻痺，副廠長甚至堅持他一直沒有呼吸過——當然不可能，哪能超過三分鐘不呼吸呢？

（又後來，雲四風悄悄告訴我，那股發射了將近兩秒鐘的激光，還是闖了禍，所幸闖的禍不大。）

（一枚蘇聯人造衛星，突然提前失效，跌落在加拿大北部人煙稀少的地區。）

（從時間，那枚衛星運行的軌迹和角度來計算，應該正是被那股激光擊落的。）

（好在這枚衛星早已被列入會跌回大氣層之列，蘇聯方面以為自己計算有誤，沒有作進一步的研究，這才大事化小，小事化無！）

當時，首先從幾乎僵硬狀態中恢復過來的，依然是白素，可是她也說了一句相當莫名其妙的話：「沒事了，已經過去了幾分鐘！」

可是，大家又都明白她的意思，是指如果有什麼大禍事的話，應該已經發生了，所以，居然人人都長長地吁了一口氣。

在恢復了鎮定之後，我首先道：「激光儀並不能切割這容器！」

這是毫無疑問的事了，總工程師搓着手，神情嚴肅，技工領班這時才從罩子中走了出來，除下了頭罩，神情蒼白之至。

他望着各人，喘了好幾口氣，才道：「對不起！」

顯然他也受到了極度的震驚，不然，不會這樣說。各人都苦笑，總工程師走過去，用力拍着他的肩頭，表示安慰他和支持他。

事實上，所有的人，絕沒有責怪技工領班之意，可是他的神情，仍然十分激動，口唇發顫，卻又沒有發出聲音來。我看出他有話要說，所以向他作了一個鼓勵的手勢，可是他仍然沒有說出什麼來。

一直到日後，技工領班才說出了當時他想說而由於驚恐實在太甚，以致無法說出來的話，他說：「幸好我在操作激光儀之前，選擇了射向右上角，激光在經過了反射之後，直射向天空。如果我選擇了射向中間部分，或者是那容器的下半部，那麼反射出來的激光，就有可能射中在廠房中的任何人！」

雖然他說那番話的時候，已經隔了好久，可是他仍然十分駭然，他又補充：「不單是在這個廠房中的人會給激光射中，激光在穿出了廠房之後，天知道還會射中廠中的什麼設施！廠中有一些高度危險的設施，一被射中，會是難以想像的大災難！」

當他那樣說的時候，當日在廠房中的人大都在，聽了之後，想起當時的情形，自然也都不免感到了一股寒意。

我之所以詳細敘述激光儀器操作不到兩秒鐘所形成的震撼，是因為想說明接下來不久，戈壁沙漠到了之後，兩人所作的決定之驚人！

當時廠房之中，人人都比較鎮定下來之後，都面面相覷，好一會沒有人說話。

我有點明知故問：「沒有比這具激光更有效的工具了嗎？」

至少有三個人同時回答我：「沒有了！」

我吞嚥一口口水，總工程師強調了一句：「也沒有比我們這裏更能對付這容器的工廠了！」

我作了幾個無意義的手勢，廠長宣布：「我們工廠的兩個高級顧問兼程前來，聽取他們的意見之後，再作決定。」

我知道他是指戈壁沙漠兩人，聽了廠長的宣布後，都有充滿了希望的神色。

那時，幾個工作已把使用激光儀時罩上去的大罩子移開去。激光儀也被推了開去，那像是大凍肉櫃一樣的容器，絲毫無損，在燈光之下，閃耀着悅目的金屬光芒，聳立在那裏，像是在向每一個人作挑戰！看誰能把我打開來！

我突然感到一陣衝動，大聲道：「各位，我曾接觸過許多來自外星的生物和物體，這容器既然是用什麼材料製的都不知道，就有理由相信，它不是地球上的產物！」

「那不是地球上的產物」這句話，本來是我常說的，有許多許多無可理解的事，只要承認那是來自另一星球的力量所形成的，就都可以迎刃而解！

聽得我那樣說，各人都不出聲，過了一會，很不愛開口的副廠長才道：「你的意思是，在地球上，沒有什麼力量可以破壞它？」

我點頭：「可以循正當途徑打開它，但不能硬弄開它。哈山先生懂得如何打開它，可惜他又不知所終。」

一個看來很年輕的工人，這時忽然插了一句口：「如果這容器來自外星，那麼，它究竟是什麼？有什麼用途？」

我苦笑：「不知道，只知道它是在海面漂浮時被發現之後，撈起來的！」

那容器的發現過程，並不神秘，神秘在哈山發現了它之後，顯然曾對之下過一番研究工夫，也知道了一些這容器的功用。可是，哈山卻秘而不宣，沒有對任何人說起過，連白老大都瞞着。

這其中，自然一定有十分特別的原因！

接下來，在廠房之中，氣氛倒熱烈了起來，大家都在討論那容器，假定它來自外星，究竟是什麼。

一個被半數人所接受的說法由總工程師提出，他說：「可能是外星的宇宙飛船經過地球時拋下來的，它如此堅硬，足可以達過大氣層，而落在海面上！」

另一半不接受這種說法的人包括了我在內，意見是：「要進入大氣層，不是容易的事，配有強大動力裝置的飛行體，尚且要在極精確的、一定的角度切入大氣層！除非它是在宇宙飛船進入地球的大氣層之後，才被拋下來的！」

意見最後經過調和，變成了那容器是一艘來自外星的宇宙飛船，在進入大氣層之後，才被拋下來的！

它的來源有了初步的假設，可是它的用途是什麼，都沒有人說得上來。

戈壁沙漠來得出乎意料之外的快，當時在各抒己見之後，我和白素就回到了那幢屋子之中休息，天還沒有亮，就被電話聲吵醒，一按下掣，就聽得他們兩人齊聲叫：「我們到了！」

第八部

他山之石可以為錯

我看了看時間，前後不到二十小時，他們來得好快，可是當我表示他們來得那麼快時，戈壁道：「我們是三小時之前來到的，不想打擾兩位休息，所以沒有驚動，現在，有了一點小問題！」

我和白素，都笑了起來，接着是沙漠的聲音：「廠方人員一致不同意我們提出的方案，所以想請兩位來作最後的決定！」

我呆了一呆：「只要能把這容器打開，什麼方案都可以，有什麼不接受的？」

這時，廠長的聲音介入：「衛先生，你最好立刻到廠房來一次，我想，你也會反對他們的辦法！」

我和白素互望了一眼：「好，立刻就來！」

十分鐘之後，我和白素進入了廠房，看到戈壁的神情十分激動，在不斷來回踱來踱去。

工廠方面，幾個要員全在，神色凝重，沙漠則看來十分冷靜，不過他的神態很怪：他站在那具激光儀之前，一手搭在激光儀上。

我一看到沙漠的這種情形，就吃了一驚，脫口便叫了出來：「不！」因為看他的樣子，他像是還想使用這具激光儀，而上次使用這具激光儀所造成的巨大震撼，猶有餘悸，看到這具儀器就會害怕，別說再使用它了，所以我才會自然而然地那樣叫了起來。

我一叫，廠長的臉色鐵青，聲音也十分尖：「正是！」

我立時向戈壁沙漠看去，戈壁走近那個容器，伸手指着廠房的頂部，他指的正是被激光射穿了的那個小孔，他像是大演說家一樣：「上次使用激光儀的情形，我們已經完全知道！」

我疾聲道：「既然知道，就不應該再使用。」

戈壁侃侃而談：「一次使用不當，並不等於不能再次使用，何況，據我所知，在地球上，沒有比它更有效的工具了……」

我悶哼一聲，走近他，接近了那容器，用力在那容器上踢了一腳：「激光對這種金屬起不了作用！」

戈壁神情得意洋洋：「我不是要對付這容器的金屬！」

我呆了一呆，一時之間不知道他那樣說，是什麼意思。他指着那容器的門：「看到沒有，門和容器之間，有一道縫！」

我又悶哼一聲，門和容器之間，當然有縫。可是這縫緊密之極，看起來，只是一道極細的線，不是仔細看，根本看不出來。

戈壁在繼續看：「這門縫緊密無比，根本沒有任何工具可以插得進去，但是激光是例外，激光只是一種能量，無形無體。可以在任何緊密的隙縫中穿過去——只要有隙縫，它就能穿進去！」

我冷笑：「理論上是這樣，我也相信你們通過精確的測量和計算，可以使激光正確無誤地射進那道隙縫之中，可是，激光既然不能損壞這種金屬，就算射進去了，又有什麼用處？」

戈壁向沙漠指了一指：「我們兩人都認為，這容器的門，設計製造得緊密互貼，所以必需加上一種柔軟的、可以輕度壓縮的物質，才能使門和容器緊貼，我們要對付的，就是這層物質！」

他說完了之後，以充滿信心的神情望着我，希望得到我的同意。

可是我仍然大搖其頭：「第一，有這種軟性物質的存在，只是你的想像，或許外星的金屬工藝，可以使金屬之間，互相緊貼。第二，就算有那種軟性物質存在，也大有可能激光一樣對付不了！」

戈壁聽了我的話之後，一時之間，不知如何反駁，氣得雙眼向上翻，沙漠沉聲道：「衛先生，進行任何探索，都有冒險的成分在內，如果有百分之百的把握，那也不必去探索什麼了！」

我用力一揮手：「後果太可怕！」

沙漠神態冷靜：「並不可怕，我可以操縱儀器，使得如果激光反射出來的話，令之射向天空，射中空中物體的機會，其實只是億分之一，如果連這種險都不肯冒，那麼，就讓這容器永遠打不開好了！」

沙漠的話，很令我意動，我向白素望去，白素吸了一口氣：「如果，如果容器中有人，不會對他造成傷害？」

沙漠的回答是：「除非他的身子緊貼着門，那麼，他會在表皮上，略有損傷，像是擦破了表皮一樣。」

白素又向我望來，我在她的眼神之中，捕捉到了她想表達的信息。

白素顯然是在對我説：「值得試一試！」

於是，我改變了我的態度，我的聲音聽來還是十分遲疑，可是我説的是：

「看來值得試一試？」

我是向着廠長他們説這句話的，廠長他們遲疑了片刻，也都神情猶豫地點了點頭。

戈壁大聲歡呼，沙漠則一刻不耽擱，已着手調整起那具激光儀，他的手法十分熟練——後來才知道戈壁是這具世界上不超過五具的激光切割儀的主要設計者，再由他來親自操作，自然比廠方的技工熟練得多了。

他調整了好幾分鐘，又一再重複着，然後，才長長吁了一口氣，向沙漠望了一眼，沙漠作了一個手勢，戈壁按下了一個掣，激光射出。

激光射出的時候，其實是一點聲音也沒有的，可是在各種電影或電視上，都照例伴有「滋」的一下響，所以也就有了那種錯覺，那一股激光，就從看來根本不存在的門縫中射了進去。戈壁的動作真快，在大約至多幾十分之一秒的時間中，激光並沒有反射出來，他就知道自己初步成功了，他迅速地上下移動了激光的射出的幅度，立時又按下了一個按鈕，激光消失。

前後時間，絕對不超過一秒鐘，在這一秒鐘之中，可以肯定人人都屏住了氣息，而在一秒鐘之後，人人都把眼瞪得極大，因為個個都看到，那大箱子的門，正打開了少許！

戈壁首先一躍而前，一伸手，就把門打了開來！

激光果然破壞了門鎖，可是，在那扇長方形的門之後，人人都呆了一呆，在那扇門內，是另外一扇較小的橢圓形的門。

那種門，看起來也並不陌生，就像是潛艇中常見的那種，或者是大型保險庫常設的那種門，在門上，有一個轉盤，那時，我也來到了門前，戈壁向我作了一個手勢，我跨出兩步，雙手把住了轉盤，用力一轉，卻不料那轉盤十分輕巧，我用的力道太大了，幾乎站立不穩。

那如同汽車駕駛盤也似的轉盤，轉了六七下之後，再用力一拉，那橢圓形的門，就打了開來。

門極厚，恰如一般保險庫的鋼門，門打開之後——那時，所有在場的人，都已經齊集在近前了，所以，人人都可以看到門打開之後的情景。

一時之間，人人都不出聲，靜得出奇。

那一剎間的寂靜，自然是由於每一個人所看到的情景，都使得看到的人訝異莫名之故。

那扇厚重的門打開之際，我由於要打開門，所以反倒是較後看到門打開後的情景。

門後，是一個橢圓形的空間，像是一個放大了的蠶繭，高度約三公尺，寬約一公尺半，比較起那個長方形大箱子的整個體積來，至多只佔了一半，另一半，全是一層一層的金屬層，顏色不一，這許多金屬層，看來都起着保護作用——至少其中有一項功能，是防止X光的透視。

在那個繭形的空間之中，首先看到的，是一張安放角度微微向上的座椅，那張椅子的大小，恰好可供一個普通身形的人坐得十分舒服，椅子有着相當寬的扶手，兩邊扶手之上，全是密密麻麻的按鈕，至少有超過一百個之多。

而在座椅的上方，則是一共分成九格的銀灰色的屏，看來類似熒光屏，但是又有所不同，但是看起來，至少可以肯定的是，這些銀屏，起着熒光屏的作用。

沒有人，哈山先生並不在這大箱子中，這是任何人一眼就可以看出來的。但是在場的所有人，連我和白素在內，也都沒有人想到，那「容器」打開來之後，內部的情形會是這樣。

人人盯着看，可是沒有人出聲。最早有了反應的是戈壁，他不是出聲，而是帶着夢幻一樣的神情，伸出手去，想去按那座椅的扶手上的按鈕。

他的動作十分慢，顯示他的心中，十分猶豫，而沙漠也在這時，有了行動，一下子就抓住了他的手，不讓再伸向前去。

我和白素也在那時叫了起來：「別亂動那些按鈕！」

直到這時，才是另外幾個人的呼叫聲：「天！那是什麼……東西？」

戈壁沙漠立時向我望來，我吸了一口氣，指着那座椅：「我不能肯定那是什麼，但是我見過類似的設置，我認為這是一個……」

我確然見過類似的裝置，看起來，像是一個太空囊，或是一人宇宙飛船的駕駛艙，等等。可是要我確切地說出它是什麼來，我卻也說不出。

它不可能是一個飛行體——飛行體的外形，沒有理由是大形的，像個凍肉櫃。

那麼，它是什麼呢？是一個休息室？一個實驗室？一個供人躲起來的地方？還是一個什麼儀器的操縱室？

我停了半晌，只好攤着手：「老實說，我不知道它是什麼東西！」

沙漠雖然制止了戈壁，不讓他去觸摸那些按鈕，但是他已探頭去察看它們——沙漠和白素和我，都制止戈壁去按那些鈕，是由於我們根本不知道那是什麼，根本無法預料按下了其中一個按鈕之後，會發生什麼事：可能一點反應也沒有，可能後果嚴重之至！

因為擺在我們面前的，全是我們不知道的，連稍為錯手，引起的後果是什麼也不知道！

不單是沙漠在察看，別人也知道，每個按鈕，必有作用，按鈕之上都有着符號，可能是標明那些按鈕的作用的。可是每一個符號，看來都只是一些莫名其妙組合的線條，絕沒有看得懂的在內！

我深深吸了一口氣，一再重複着：「這不是地球上的東西，不是！」

我這樣説，大有根據，因為有一些符號，在地球上，幾乎已是世界性的文字，人人一看就懂，例如圓圈之中加一個橫間，就是禁止的意思，紅色，是危險的意思，等等。可是這裏，上百個按鈕上的符號，在場的所有人，卻沒有一個看得懂！

那些符號，有的是由幾何線條組成的，可是一樣不明白是什麼意思。例如，一個大三角形之中，有一個小三角形，那代表了什麼呢？小三角形角的倒置，又是什麼意思呢？一個圓圈之中有三點，又代表了什麼？誰能知道一個平行四邊形之中有三個小圓圈，那表示這按鈕的作用是什麼？

還有一些符號，根本不由幾何圖形組成，看起來像是一種古裏古怪的文字。

在這種情形下，誰敢隨便去按下一個按鈕？

在驚訝之餘，人人議論紛紛，我的説法，得到了公認：「哈山在海上撈起來的，是不知來自哪一種異星人的一種不知用途的東西，我們那麼多人弄不明白這東西是什麼，哈山絕沒有理由弄得懂，這其中，只怕還有我們不知道的因素在！」

白素有點悻然：「這位哈山先生，號稱是家父的老朋友，可是他得了這東西那麼久，連提也未曾向家父提及過，真不夠意思！」

白素很少表現那麼激動，這時她的不滿，自然一大半出自她心痛白老大打賭的失敗！。

我看到白素不快，自然立刻站在她的一邊，我憤然用力，把那又厚又重的門，重重關上，居然發出了「砰」地一下聲響。

然後，我又抬腳，在那門上，重重踢了一腳，大聲道：「最好是把它沉回海裏去，等哈山再出現的時候，或許可以把它再從大海中撈起來！」

對於我的這幾句話，在場人人都現出不以為然的神情來。

從各人的神情上，可以看出，各人都雄心勃勃，想在這東西上，研究出一些什麼名堂來。我揮着手，繼續發揮我的見解：「各位，這東西來自外星，已可肯定，它有什麼作用，我們全然不知，而且，我相信也研究不出來，因為任何不同的星體上的高級生物，和我們完全是兩回事！」

戈壁不同意：「至少，那座椅證明，那個星體上的高級生物，身體和我們差不多，我們任何一個人，都可以坐在那座椅上。」

沙漠補充：「那種外星人，至少也有手指或類似的器官，不然，無法使用那些按鈕！」

總工程師道：「當然也有眼睛，不然，用什麼器官來看那些符號！」

我也並不堅持，作了一個誇張的手勢：「好，那麼，就開始研究好了，首先，要有一個人坐上那張適合坐的椅子上面去！」

我一直站在門前，一面說，一面伸手用力一拉，又把那扇門拉了開來。

我的意思是，請任何人先進去坐一坐，看看會有什麼發現。

所以，當我拉開門之後，我面向着各人，而且人又站在門的後面，看不見那個座椅，我看到的，只是別人。在剎那之間，我知道一定有什麼事情大大地不對頭了！因為我所看到的每一個人，包括處事最鎮定的白素在內，人人都駭異莫名，如見鬼魅！

所有人都現出了這種神情，自然是每一個人都看到了絕不應該看到的情景之故，而只有我一個人沒看見，那自然是由於我在門後的緣故了！

所以，我大受震動之餘，也來不及問別人究竟看到了什麼，身子一轉，就轉過了那扇門。

這時，我也看到了，相信我的神情，絕不能例外，也是無比的駭異！

是的，任何人都會駭異，相信最鎮定的人，也不能例外：看到的情景，和剛才並無多大的差異，只不過那張座椅上，多了一個人！

剛才明明空無一人，忽然在那扇門一開一關之間，座椅上多了一個人——這種情景，極像一些大型魔術的表演，但既然沒有人認為那容器是一件大型魔術表演的道具，自然也就不會有人以為那是魔術表演！

那就足夠令人震駭了！這個人是從哪裏來的？

這個人，是一個老人，當我看到他的時候，他正緩緩睜開眼來，可以推測，當別人看到他的時候，他是閉着眼睛的。

他的神情十分安詳——直到他完全睜開眼來之前，他十分安詳，而當他睜開了眼，看到了那麼多人，用駭異莫名的神情望着他的時候，他卻比任何人更加驚惶！

那人是一個老人，一個很老的老人。

我一看到他的時候，雖然十分震驚，但是我還是一下子就知道他是什麼人。白素顯然也是一樣，她一步跨到了我的身邊，我們自然而然握住了手，兩個人的手都冰涼。

這時，人人都因為極度的驚訝而出不了聲，那老人也一樣，他神情驚駭之極，可是最早恢復鎮定的，卻是他。

他坐在那張座椅上，座椅本來是略微斜向上，也不是面對着門的，可是他的手指，在座椅扶手上的眾多按鈕上的一個按了一下，椅子就轉動了起來，變得面向着門，而且也不再斜向上，變得他面對着我們。

我留意到，他在按動按鈕的時候，十分熟練，根本不必看。

當他面對着我們之後，他的目光，迅速地在每一個人的身上掠過，然後，停留在白素的身上，在那一剎間，他顯然認出了白素的身分，他向白素笑了一下，用上海話大聲說：「找到我了，白老大真有兩手！」

他不開口，我和白素，也早已知道，這個突然像是演魔術一樣出現的老人，就是哈山先生。

哈山會突然坐在那張椅子上，事情已經夠令人駭異的了，他這時一開口，又冒出了這樣一句話來，更令得我和白素駭異莫名！

因為他這樣說，像是他一直坐在那裏，我們打開門就看到了他一樣！

可是事實上，其間不知有過多少曲折變化，何以他會一點不知道？

在我和白素愕然不知所對之際，哈山已經從座椅上站起身，他一站起身，自座椅之下，就有一道本來不知隱藏在什麼地方的梯級，自動伸了出來，他就踏着那梯級，走了下來，走出了容器。

他的視線一直停留在白素身上，走出容器之後，伸手向白素一指，笑着道：「是大小姐吧，白老大真好福氣，有你這樣的女兒！」

他一直在說上海話，上海話之中，有的十分粗俗，也有的十分客氣，朋友之間，稱呼對方的兒女，也多有稱「大小姐」和「少爺」的。白素本來，應對何等伶俐，可是這時，實在因為驚愕太甚，所以竟仍然僵住了出不得聲。

哈山仍然在笑着，依然用上海話：「一定有赤佬碼子出賣了我，不然，你們再也找不到我——」

「赤佬碼子」是罵人話，他這樣說，自然是想到了船長說出了他藏身的所在。而他這樣說，更令得我和白素吃驚，因為聽起來，他當足自己一直藏身在那容器中！

哈山說到這裏，視線才不專注在白素身上，向我望了一眼，再看了一下他處身的環境，陡然之間，他的神情，變得怪異莫名，叫了一聲：「你們把我的船改成了什麼樣子？這——」

他叫了一半，陡然停了下來，望向我們，神情更是怪異莫名，先是揮了幾下手，喉嚨發出了幾下沒有意義的聲音，然後，才哽着聲問：「我不是在船上？是不是？」

直到這時，我才能出聲，聲音也啞得可以，我叫的是：「哈山先生！」

哈山向我望來，我和白素一直握着手，既然認出了白素，自然也會知道我是什麼人，所以他也不向我打招呼，就直接問：「怎麼一回事？」

我長長吁了一口氣，和白素齊聲叫了出來：「說來話長，哈山先生，你一直在——」

說到這裏，我和白素，一起向那容器指了一指。哈山在那一剎間，在驚疑的神情之中，又有了幾分緊張，他後退一步，先關上了那扇橢圓的厚門，然後，又關上了外面的那重門。

接着，他的神情更疑惑，盯了那具激光儀一眼，又啞着聲叫了起來：「天，究竟發生了什麼事？我在什麼地方？快告訴我，白老大呢？」他變得十分激動，他不激動還好，他情緒一起了變化，在場的所有人，都有忍無可忍之感，也都在情緒上爆發起來。

總工程師首先叫：「別問我們發生了什麼事，問你自己發生了什麼事！」

另外至少有三個人，都顧不得禮貌了，用手直指着他問：「你是從哪裏冒出來的？」

有一個人（可能是副廠長）在高叫：「他不是人！不知是什麼妖魔鬼怪……。」

哈山又驚又怒，我看到場面混亂，大聲叫：「大家靜一靜……」

我連叫了三遍，各人才算是靜了下來，我急急問哈山道：「哈山先生，事情十分複雜，真正是一言難盡，你有許多疑問，我們也有很多疑問，是不是找一個地方好好談談，不要站在這個廠房中？」

哈山又叫了起來：「廠房？我為什麼會在廠房中？你們是怎麼打開這容器的？白老大呢？」

他還在亂七八糟地問，而且十分憤怒激動，我攤着手，不知道如何處理這種場面。白素就在這時開口。這時，每一個人的情緒都十分焦躁、疑惑、驚愕，白素的聲音則十分柔和鎮靜，對各人不安的情緒，首先起了安撫的作用。她說：「哈山伯伯，我們有許多問題要問對方，能不能分個先後？」

哈山一聽，這時就道：「我先問。」

雖然我性急，也不知有多少問題要問，但是也知道，在現在這種情形之下，若是和哈山爭先論後，那只有使事情更混亂，所以我不和他爭，但是有一句話，我卻非事先聲明不可。

因為我的許多問題之中，必然有幾個是問到那個容器的。而哈山在得到了那容器之後，連他最要好的朋友白老大也未提及過，那就未必肯對我們說實話，所以我大聲道：「不論是什麼問題，都要據實回答。」

哈山立時瞪了我一眼，我直到這時，才有機會自我介紹：「我是衛斯理。」

哈山悶哼了一聲：「算是啥？審犯人？」

我堅持：「只有一個關鍵問題，得不到確實的回答，整個謎就無法解開。」

哈山心中的謎團顯然不比我們少，所以他立時同意：「好，實牙實齒，實話實說，我先問——」

他停了一停，又用十分疑惑的目光，望向工廠方面的人，十分不客氣地道：「閒雜人等，且避一避……」

我感到十分為難，沒有工廠人員的幫助，根本打不開這容器，如何可以叫人走便走？

一直沒有出聲的戈壁沙漠，直到這時才齊聲抗議：「我們不是閒雜人等……」

哈山衝兩人瞪眼：「那算是什麼？」

戈壁沙漠又齊聲冷笑：「可能是你的救命恩人！」

哈山怔了一怔，我不知道戈壁沙漠這樣說是什麼意思，可是哈山的反應更加奇特，他竟然像是不能肯定兩人的話是不是正確，神情猶豫不決。

我趁機道：「不是靠這些朋友的幫助，我們打不開這容器？」

哈山對於我們打開了這容器這件事，不在意，他又發起怒來：「誰叫你們打開的？你們應該根本打不開它！」

戈壁冷冷地道：「不過是不知哪一個外星人留下來的東西，有什麼了不起，地球上不見得沒有能人，還不是一下子就打開了？」

哈山的怒容一下子消失，神情變得十分沮喪，呆了片刻，嘆了一口氣。揮了揮手，表示不再追究容器被打開的事了，戈壁又指着廠長等人：「他們也不是閒雜人等，當然，這裏不是詳談的好地方——」

哈山叫了起來：「老天，快找一個有酒的地方。」

要找一個有酒的地方，當然十分容易，我們一行人等，一起來到了雲四風住所的客廳中坐定，酒由機械人團團轉着運上——這時，就算是平日不喝酒的人，也變成需要酒，人手一杯，哈山更是連盡三杯，才再度重複：「肯定不會有閒雜人等接近我那容器？」

廠長再三保證：「絕對不會。」

哈山又嘆了一聲：「我不能不緊張，因為那容器究竟是什麼，能起什麼作用，我其實所知甚少，可能隨便按動一下，就會闖下大禍！」

我們都表示可以理解，我催促：「哈山先生，你先問，可以問了！」

哈山張開了雙臂：「我想知道一切！」

於是，我就開始說——從白老大找不到他，來找我和白素相助開始說起。

我說得十分簡單，但該說的也全說了，當我說到白老大用賭注的一半去收買船長時，他嘆氣：「不能怪船長，誘惑太大了！」

而當我說到八十日的時間告終，他沒有出現時，哈山的神情怪異莫名。

而等我說到我們終於打開了容器，根本裏面沒有人時，哈山陡然跳了起來，叫：「打啥千朋！」

他一時情急，又叫了一句上海話，那是「開什麼玩笑」的意思。

我吸了一口氣：「不是和你『打朋』，第一次打開門，椅子上沒有人，我在失望之餘，把門關上，再打開，你就在椅子上了！」

哈山用力眨着眼，又坐了下來，喃喃自語：「難道是我錯手按了不該按的掣鈕？」

一眾人都大是駭然：「你難道不知道發生了什麼事？不知道自己在哪裏？」

哈山神情猶豫，欲語又止，我連忙道：「實牙實齒，實話實說！」

哈山呆了一回，才道：「這……大箱子是怎麼來的，你們都知道了？」

我點頭：「在海上漂，給你撈起來的？」

哈山答應了一聲，又喝了一大口酒，才開始說他的故事，也是我們全想知道的事。

第九部

欻如飛電來

當哈山在望遠鏡中，看到了在海面上漂浮的那隻大箱子時，心中就疑惑之極。他熱愛航海，在海上消磨了不少時日，自然也知道在海上，什麼怪事都可以發生，可是像這樣的一隻大箱子，究竟從何而來，裏面有什麼東西，都極度不可思議。

他感到高興的是，事情只有兩個人知道，一個是他的親信，他可以使他保持秘密（哈山這樣做了，而且做得很成功，秘密一直被保持，直到後來怪事發生，才暴露了出來）。他立即把那容器，運到了自己的別墅之中，想把它打開來。哈山未能打開容器，是意料中事，因為後來，在雲四風的工廠之中，也要動用到最先進的激光儀器，而且，還要有戈壁沙漠這類大師級的人物來親自主持，才能將之打開來，哈山所用的方法，自然萬萬不及。

不過，哈山除了急於想知道那容器之內，究竟是什麼，也動用了效率十分高的X光透視儀，自然，也沒有任何結果。

在半個月之後，哈山已經知道這個在海面上撈起來的東西，絕不尋常，而且，它又是來自一直神秘莫測的，所謂「百慕達三角」的那個地區。在這容器之內，就可以是任何東西。

他好幾次想去找白老大，也想通過白老大和我聯繫——這是後來，為什麼他聽到白老大肯派我陪他「講故事」作為賭注，他便一口答應的原因。因為他心中有許多疑問，正想向我詢問。可惜，哈山和白老大兩人，好勝心都十分強，兩個老人家一言不合，就要大起爭論，哈山怕被白老大嘲笑說他在海上撈了什麼破爛上來當寶貝，所以就忍住了沒有說。

不過他自己，一直在花時間研究那容器，在一個月之後，他已經用盡了辦法，仍然無法打開那容器之際，他又是焦躁，又是好奇，那幾乎令得他坐立不安。

那容器一直安放在他別墅的地窖之中，那天晚上，他從一個宴會回來，有了幾分酒意，在宴會上，他拒絕了一個金髮碧眼的性感尤物對他的挑逗，又感到了有點後悔……

總之，他是處在一種情緒十分不快，十分落寞的情形之中，一回到了別墅，他自然而然，來到了地窖，站在那容器之前，盯着看，愈看愈是煩躁，一轉身，看到有一根鐵棒在不遠處。

那種一端扁平的鐵棒是用來撬開一些東西用的，正像我首先想用這種原始的工具去打開容器一樣，哈山也曾用過這種鐵棒，想把那容器的門撬開來而不成功，那鐵棒就放在一邊。

哈山拿起鐵棒來，衝到那容器之前，大聲呼喝着，呼喝一句，就用鐵棒在容器上大力敲擊一下，在地窖中，迴響着金屬敲擊的聲音。

哈山那時呼喝的，全是一些沒有意義的話，例如「你究竟是什麼怪物」，「不論你裏面有什麼，我都一定要弄清楚」之類的話。

他記不清自己究竟叫嚷了多久，和敲打了多少下。自他把那容器安放在地窖中之後，他下令別墅中的任何人都不准到地窖來。再加上地窖的隔音設備十分好，所以哈山在地窖中胡鬧，別墅中十幾個僕人，都不知道。

哈山畢竟年紀不輕了，折騰了一陣之後，他感到疲倦，酒意也過去了，他握着鐵棒，喘着氣，他仍然盯着那容器，還想再努力舉起鐵棒來，再敲打幾下——從這一點上，也可以知道哈山這老頭子的性格。

而就在這時候，他陡然聽到，那容器之內，有一些聲音傳出來。

哈山當時，其實並不能肯定聲音是由容器中傳出來的，由於剛才他敲打那容器，發出的聲音震耳欲聾，這時靜了下來，聽覺也就不那麼敏感。

他呆了一呆，直到再度聽到有聲音發出，像是有什麼在轉動時所發出的聲響，哈山才真正酒醒了，不由自主，向後退出了一步。

他在和我們敘說經過，說到這裏的時候，猶有餘悸，伸手在臉上抹了一下，問：「當時我極害怕，猜猜我最先想到了什麼？」

各人都回答不出，沉默了大約一分鐘左右，我正想催他，要他別浪費時間，白素用試探的語氣道：「神話中，囚禁一個巨大妖魔的瓶子？」

哈山立時大聲道：「正是！我想到的是，從那大箱子中，會走出一個巨大的妖魔來！」

哈山那時的心態，很容易了解：他一個多月來，終日都在幻想那容器中有什麼，開始的時候，自然從平凡方面去想。由於那容器外形像一個大凍肉櫃，他甚至想像這裏面全是冷藏食物。

隨着他用盡方法打不開那容器，他對容器內是什麼的想像，自然也愈來愈古怪，終於想到了容器之內，可能是什麼怪物。

這時他一聽到有聲音傳出，就想到了怪物，十分合理。

哈山在敘述的時候，有點不好意思：「是不是人在愈是緊張的時候，就愈是無法集中精神，更喜歡胡思亂想？我那時僵立着，心中在想的，全是一些雜七雜八，根本不該在這時想到的問題。」

哈山那時，想到的是，從那容器中走出來的妖魔，不知是什麼樣的？是被囚禁在那容器之中太久了，一出來就充滿了仇恨，要毀滅一切的復仇之魔呢？還是一個制服的妖魔，如阿拉丁神燈一樣，可以為主人去做任何的事？

在哈山胡思亂想的時候，大約有三分鐘之久，容器之內的聲響又停止了。

哈山畢竟久經世面，在這時候，他已經定下神來。對着那容器大聲叫：

「不論是妖是怪，快現身出來！」

他這時這樣叫嚷，當然更大的作用，還是為了自己壯膽，他一面叫嚷着，一面跨步向前，掄起手中的鐵棒來，又待向前砸去。

可是就在這時，他陡然僵凝，因為他看到，那容器的門，他用盡了心機也打不開的門，正緩緩打了開來。在打開了約二十公分之後，停了一停，像是在裏面的什麼怪物，要打量清楚了外面的情形之後，再決定下一步的行動。

而這時，哈山的一顆心，幾乎要從口腔之中，直跳了出來。門打開不過二十公分，他根本無法看清容器中有什麼在，他一直有心臟病，事後，他都詑異自己沒有在那時心臟不堪負荷而死！

尚幸，停頓的時間不是太多，大約三秒鐘左右，門就一下子打開，哈山看到了一個人，有點腳步蹣跚地，跨了出來。

那人一跨出來，一抬頭，就看到了哈山，哈山也看到了他，兩人打了一個照面，那人的動作凝止——那是一種身子挺直到了一半的怪異姿勢，而哈山，則高掄着鐵棒，想要向前砸出的樣子。

兩個人這樣子對峙着，大約也只有幾秒鐘，可是雙方一定都覺得十分長久。哈山的驚駭程度極甚，但是出現的並不是什麼大怪物，只是一個人（雖然從這樣的一個容器中忽然走出一個人來，也怪之極矣，但出來一個人，總比出來一個怪物好），總使他的震駭程度減輕。

在他略為鎮定之後，他雖然還沒有改變僵凝的姿勢，但至少已可打量那個人了。那個人看來二十多歲，面貌和身量，都十分普通，並不起眼，這樣的人，混在任何許多人中，也不會引起特別的注意，甚至一時之間，無法分得清他是亞洲人還是非洲人！

這個人有一雙靈活之極的眼睛，一開始他一動也不動，但隨即，他眼珠就開始活動，亂溜亂轉，和他的眼光一接觸，就有眼花撩亂之感。

那人身上的衣服，乍一看，也沒有什麼特別，類如普通工人的工作服，不過有幾個厚鼓鼓的口袋。

在打量了那個人，可以假定他不是什麼怪物後，哈山才問：「你是什麼人？」

這時，那人的視線，停留在哈山手中的那根鐵棒之上，他緩緩站直了身子，向鐵棒指了一指，用一種相當粗的聲音問：「這算是一種歡迎儀式？」

哈山這時，心中的驚疑，實在是到了極點，他下意識地揮動了手中的鐵棒一下，然後喝道：「讓開！」

一面大喝，一面他已向前衝了過去，那人果然向旁讓了一讓，哈山來到了容器之前，把半開着的門，用鐵棒一下子撥開，然後，他就看到了另一扇半開的橢圓形的門，等到他再用鐵捧撥開橢圓門之後，他所看到的情形，就像我們在廠房之中，終於打開了容器之後所見到的情形，一模一樣。

他盯着所見的一切發呆——那是任何人一看到了容器內部的情形之後，必然的反應。

他不知自己發呆發了多久，當然，在那段時間中，他也有許多想像，他思路敏捷，可是也難以作出一個假定來，他轉過身，看到那人仍在原地沒動，看起來，至少不是有敵意的樣子，才又定了定神。

（人和人之間，在許多情形下，都要判定了對方是不是有敵意之後，才能行動。）

（不但人和人之間，人和許多生物之間也如此，真是一種叫人悲哀的現象。）

哈山先問：「你……一直在這裏面，一個多月，你一直在這裏面？」

那人重複了一句，「一個多月？我在裏面──」

他說到這裏，忽然苦笑了一下，然後，又急急向前走去，一下子就越過哈山，又坐到了那張座椅上，可是並沒有關上門，所以哈山可以清楚地看到一切。

只見那人坐下之後，雙眼直視前面分成了九格的銀灰色的屏，神情焦急緊張。

他雙手不斷迅速無比地按着椅子扶手上的按鈕，按動了不下七八十次之多。哈山注意到那椅子扶手上的按鈕，至少有一百多個，也不知道那人何以看也不看，竟然可以按得如此熟練，不會出錯。

當他按下第一個按鈕之際，那九格銀灰色的屏上，就有影像出現，哈山開始還有點不好意思偷看，可是那人顯然絕不注意哈山，只是盯着看，哈山也就湊近去看。他看到的究竟是什麼，他直至這時，和我們叙述經過情形時，仍然說不上來，他只是照實說。

哈山的敘述是：「我看到的是幾種不同的畫面，可是那些畫面表示了什麼，我卻一點也不知道，有兩三幅，像是波紋，有的是絢麗無比，變幻不定的色彩——色彩耀目之至，那種變幻的色彩，一定是在傳達着什麼信息，可是我卻看不懂。正中央一幅是密密麻麻的文字，好像是文字，嗯……應該是文字，可是我在門外，比較遠，又不好意思湊得太近去看，所以也不知那是什麼。還有一兩幅的畫面，簡直亂七八糟，不知所云。」

總之，時間並不短，那人在椅子上，至少坐了十分鐘左右，在這十分鐘之內，他幾乎不斷地按着按鈕，那九幅畫面，也在不斷變換，但是哈山一點也看不懂。

然後，那人呆了一呆，轉過頭來，神情仍然相當焦急，他一轉過頭來，就呆了一呆，像是到這時，才發現哈山的存在一樣。

他語氣相當着急地問：「你……是在海面上發現我的？」

哈山的回答，十分謹慎：「我是在海面上發現這個容器的。」

那人一躍而下，到了哈山的身前，一伸手，就握住了哈山的手。

他的手冰涼，哈山甚至因之而打了一個寒顫，那人又問：「很多人知道？」

哈山忙道：「不多，只有另外一個人，他……很會保守秘密。」

那人像是多少放心了一些，鬆了哈山的手，團團打着轉。哈山有豐富的人生閱歷，看出這個古怪的人，處於十分值得焦慮的處境之中，他就問：「你有什麼需要幫助的？」

那人忙道：「有！有！我不會忘記你曾幫助過我，不會忘記。」

哈山驕傲地笑了一下：「你弄錯了，我絕對不會稀罕你的報答。」

那人對於哈山先生這樣的說法，像是頗感意外，他看了哈山一會，才道：「我第一件要你幫忙的是，別對任何人說過曾見過我，記得，任何人都不能說。」

在當時的情形下，那人的這個要求，自然不算是過分，所以他並沒有什麼考慮，就點頭答應。

當哈山說他的經歷，說到這裏的時候，他略停了一停，喝了一口酒，很有點難過的神情。

聽他敘述的人，都知道他為什麼難過，因為他曾答應過那人，絕不對人提起見過這樣的一個人，但現在，他卻向我們許多人和盤托出了。

他食言——他一定不常食言，所以他才會感到難過。

我安慰他：「哈山先生，常言道此一時，彼一時也，情形不同了，那人一定有什麼……古怪的地方，所以你才決定把一切經過告訴我們的。」

哈山聽了我的話之後，連連點頭：「對啊，這個人，簡直古怪之極——你們看，他究竟是什麼人？什麼來歷？從哪裏來的？」

我道：「你太心急，你還沒有把有關那人的一切説完，我們怎能判斷？」

哈山苦笑：「也沒有什麼好説的了。」

那時，我們都不知道哈山「沒有什麼好説的了」是什麼意思，看到他準備繼續講下去，才沒有問。

原來，那人要哈山答應了他的要求之後，就道：「請告訴我出路在哪裏，我有急事要去做。」

哈山向通向大廳的樓梯，指了一指，那人的動作十分快，已急急向樓梯走去，他一下子又跳上了那樓梯，才轉過身來，指着那容器，道：「你可以暫時保留這東西，但也絕不要給別人知道。」

哈山看到這人竟然說走就走，不禁大是着急，忙了幾步：「等一等，這東西是什麼？有什麼作用？」

那人「啊」地一聲，在哈山說那幾句話之際，他又竄上了幾級樓梯，看來是有急事在身，這時才轉過身來：「對不起，這東西對你十分陌生，它的作用太多了，一時之間，絕講不完，你要注意，那椅子柄上的許多按鈕，你絕不能亂按，一按，就會變化不測，對你……或任何按動鈕掣的人，造成極大的傷害。」

哈山怪叫了一聲：「你留下了這樣的一件東西走了，卻叫我碰也不能碰，我如何忍得住？」

那人聽哈山這樣抗議，他居然十分通情達理，側頭想了一想：「那我還是把門關上的好，反正你絕無可能把門打開，也就不會因為好奇而亂按了。」

他一面說，一面急速地走了下來。這下子，哈山沒有放過他，一在身邊經過時，哈山就雙手緊緊抓住了他，叫道：「不行！關上了門，我更會急死！你得把一切告訴我才准走！」

那人嘆了一聲：「老實說，老先生，你已經沒有可能知道一切了，時間不夠了。」

哈山知道那人的意思，是說他已老了，時間也不夠使他了解一切！由此也可知，這東西所包含的一切，複雜無比，那更令他心癢難熬。

相信他是一個好奇心比我還要強烈的人——這一點，從他那麼喜歡聽各種故事，便可見一斑。對一個好奇心強烈的人來說，在這種情形下，若是不讓他知道一點那容器的秘奧，他只怕會被好奇的情緒，折磨致死。

那人顯然體諒他的心情，就道：「好，我不關上門，只不過你一定要聽我的話。」

哈山連連點頭，那人又想了一想，才指着兩個上面各有兩個小圓點的按鈕，道：「你坐上椅子，按下這兩個按鈕。」

哈山急急道：「會發生什麼事？」

那人道：「兩扇門會自動關上，你在座椅之上，心跳停頓，呼吸停止——」

哈山大吃一驚，張大了口，說不出話來。那人呵呵笑了起來，伸手在他肩頭之上，輕輕拍了一下：「別怕，那不是死亡的狀態，而是靜止狀態，這種狀態，對你的健康，十分有益。」

哈山遲遲疑疑：「我怎樣才能醒過來？」

那人「哦」地一聲，又指着一個掣：「按一下，就表示一個階段——嗯，是一天。」

他說了之後，又加強語氣：「你所能動的，一共只是三個掣鈕，其餘的，絕不能動。」

哈山還不滿足：「如果動了，會發生什麼事？」

那人對哈山的糾纏不休，有點惱怒，大聲道：「會發生任何事。」

他看來其急無比，話一說完，轉身就向樓梯上竄去，哈山忙跟在後面，又叫：「門要是關上了，怎麼打開？」

那人道：「你人在裏面，門一拉就開。」

哈山跟在他的後面，等到上了樓梯，已是氣喘如牛，那人上了樓梯之後，略停了一停，哈山指着一扇門：「走那邊，到大廳。」

那人急急走進去，哈山又勉力跟了上去，只見那人到了大廳之後，略停了一停，四面打量了一下。哈山別墅的大廳，自然豪華之極，可是那人看了，也沒有什麼特別的表示，就急急向大門口走去。

恰好有一個僕人在大門之旁，看到這樣的一個人走了過來，主人又在後面，急急跟着，驚訝得說不出話來。那人來到門前，僕人在他想打開門時，想去阻止他，那人憤怒地責斥了一聲。哈山忙道：「開門，請問，你什麼時候回來？」

僕人急忙打開門，那人一步跨出去，頭也不回，但總算回答了哈山的問題：「說不定。記得我的一切吩咐。」

哈山來不及答應，他氣急敗壞追了出去，追出大門，早已不見了那人的蹤影。

哈山在門口呆立了半晌，回到了地窖，他幾乎沒有考慮，就坐上了那座椅，他才坐上去，門就自動關上，門自動關上之後，眼前並非一片黑暗，而是亮起了一片十分柔和、舒服之極的光芒。

哈山真想在隨便哪一個按鈕上，按上一下，看看會有什麼事發生，可是考慮再三，始終不敢。

於是，他只是按照那人的吩咐，按下了那兩個掣鈕，然後，再在另一個按掣上，按了一下。

在他面前的那九幅銀屏上，什麼變化也沒有，可是椅子卻自動轉了一下，面前對着那九幅屏，至多只在十秒鐘之內，他只感到自己舒暢無比，自然而然，閉上了眼睛，就像是一個心無罣礙，又十分疲倦的人進入睡鄉一樣，一下子就在極舒服的情形下，失去了知覺。

哈山先生的叙述，到這裏，又停了一停。

然後，哈山強調：「那是一種舒服之極的感覺，真是舒服安詳之至，我後來試了許多次，每一次都一樣，那種安詳的感覺，使人感到，就算就此永遠不醒，死了，這都是最好的死法！」

戈壁問：「你按了一次那掣鈕……你在一天之後，醒了過來？」

哈山點頭。當時，他並不知道自己醒過來時，已過了整整二十四小時。當他又醒過來的時候，只覺得神清氣爽，一下子推開了門，竟然一躍而下——雖然他年逾古稀，健康情況一直很好，但是這樣子跳跳蹦蹦，卻也有十年以上未曾有過了，連他自己，也不禁呆了一呆。

而當他離開地窖，看見每一個僕人都神情極其焦急時，他才知道，自己在地窖之中，已足足二十四小時了，僕人又不敢進去找他，又怕有意外，所以焦急莫名！

哈山卻感到異常興奮——他完全不知道發生了什麼事，可是他可以肯定，自己有了一項奇遇。

這項奇遇在他的晚年發生，就有更大的意義：在接連幾次，他在那容器之中「休息」之後（最長的一次是七天），他不但覺得心理上愉快，而且身體上的健康，也大有增進，不但如此，而且心境，竟也大有返老還童的傾向——他後來駕了去看白老大那輛鮮紅色的跑車，就是在心境回復年少之後新買的，不然，十分難以想像他已年屆八十高齡，怎麼還會駕這樣子的一輛車子！

哈山不但在那容器中「休息」，而且，仍然在不斷研究那容器的其它按鈕的作用。可是那人臨走時的告誡，哈山卻也不敢違背，他連伸手去輕撫那些按鈕一下都不敢，生怕一個錯手，就闖了大禍。

他自然不敢向任何人提起這件事——在這期間，他曾過訪白老大四次，每次都想對白老大說起這件事，可是卻不敢違反那人的囑咐。

他打的主意是，事情，一定要告訴白老大，可是等到那人回來了再說，那人說「有急事要辦」，可是一去之後，杳如黃鶴，竟然再無消息，哈山每天都在等他出現，而且吩咐了所有僕人，那人一出現，就把他當作自己一樣！

哈山也做了不少別的工作，他把那容器的內外，拍攝了許多照片，以他的地位而論，自然認得不少有識之士，他一有機會，就把那些照片拿出來給人看。

可是看到的人，表示的意見，大同小異，都說不出一個所以然來。最多的意見是「看來像一艘小潛艇」，或是「像是太空囊」。

哈山向他的醫生朋友問起人是否可以有不呼吸不心跳的靜止狀態時，得到的回答，多數是哈哈大笑。有的則向他解釋，人有可能在某種情形下，處於一些生物常在的「冬眠」狀態，但決不可能全然停止心跳和呼吸！

這些答案，都不能令哈山滿意，可是那人不再出現，哈山也就沒有特別的辦法可想。

他還做了一件工作：他請了三個出色的人像描繪家，根據他的描述，把那突然在容器中出現的人的樣貌，畫了出來，然後，通過他的關係，調查這個人的來歷，可是一點結果也沒有。

（後來，我才知道小郭的偵探事務所，也接受了這項委託，哈山出的賞格十分高。據小郭說，世界各地，他的行家接受了同樣委託的，超過三千家！）

等到第五次，他再去見白老大的時候，就發生了「打賭」的事件。

哈山說到這裏，聽的人，都十分緊張。那場打賭的結果，人人皆知，可是究竟發生了什麼事，卻又沒有一個人知道——包括當事人哈山在內！

我再給了哈山一杯酒，哈山一口喝乾，清了清喉嚨：「白老大和我打賭，要在船上把我找出來，我立刻想到了那個容器，雖然以前，我最多只在那裏休息過七天，可是那人說，在裏面多久都可以，想來八十天也不成問題……我接下來的行動，你們都知道了？」

我和白素只是點了點頭，因為接下來他的行為，全是由於船長的提供才知道的，而船長是受了賄才提供的，那並不是十分光彩的事。

哈山側着頭，想了一會：「我離開了甲板，就進入蒸氣室，只有船長一個人知道我的行蹤，我進入那容器之際，並沒有人看到。由於我已經有好多次『休息』的經驗，所以並不覺得怎樣，只是想到八十天之後，我突然出現時白老大那種驚駭的樣子，覺得好笑，而且我相信，八十天的長時期休息，一定對我的健康，大有好處。」

哈山說到這裏，又頓了一頓，舐了一下口唇，我趁機問：「你是不是做錯了一些什麼？」

哈山的神情駭然，他顯然做錯了什麼，因為當容器被我們打開時，他並不在其中，後來才又出現的，他曾經消失過！

過了一會，哈山才道：「我不能記得十分確切，八十天，要按那個按鈕八十下，我要十分用心地數，一下子也不能多，一下子也不能少，在那個過程之中，我很有可能錯手按下了附近的掣鈕——你們都看到過，那些掣鈕排得十分密，我畢竟老了，手指不是那麼……靈活！」

大家都屏住了氣息，哈山的這種解釋，很可以接受。哈山不會故意去按別的掣鈕，自然只有不小心碰到了別的掣鈕的可能。

我用力一揮手，示意他不必說過程，重要的是，他在按錯了掣鈕之後，發生了什麼事！

幾個人已把這個問題提了出來。哈山的神情迷惘，伸手在臉上撫摸了一下：「對我來說，什麼也沒有發生過，和往常一樣，我在十分舒暢的情形下，進入靜止狀態，然後又醒來……當我醒來時，看到了你們……那是我一生中最驚訝的一刻！」

戈壁沙漠齊聲叫：「可是我們才打開那容器的時候，你根本不在裏面！見到你突然出現的時候，也是我們一生之中最驚訝的時刻！」

哈山搖頭：「我不知道我曾去過何處，我在那個密封的容器之中，能到什麼地方去？去了，又如何能夠突然之間又回來？」

戈壁沙漠的神情十分嚴肅：「有一種設想，一種裝置，可以把人分解成為分子發射出去，然後再在另一個裝置之中再還原。」

哈山駭然大笑：「這位小朋友，你別嚇我！」

沙漠搖頭：「這個可能性不大，他若是曾化解成為分子，又聚在一起，那麼，他應該知道自己曾被發射到什麼地方去過！」

戈壁反駁：「如果他是在靜止狀態之下被分解的，根本沒有知覺，也就不會知道自己去過什麼地方。」

沙漠搖頭：「我寧願假設他按錯了掣鈕之後，這容器中的某種裝置，使他成了隱形人，所以我們才一打開容器的時候，看不到他！」

聽戈壁沙漠爭辯，十分有趣，由於他們的想像力十分豐富，而又有足夠的知識之故。我一聽得沙漠這樣說，不禁發出了「啊」地一下低呼聲。

因為當容器第一次被打開時，我們只看到裏面沒有人，並沒有伸手去摸索一下，如果那時哈山是一個隱身人，當然也大有可能。

哈山有點啼笑皆非：「兩位小朋友別把我想得太神奇了，我只是不知道出了什麼錯，不知道……發生了什麼事，我看……別追究了！」

他雖然見過世面，可是這時在討論的是和他有關的一件怪事，而他自己也不知道究竟發生過什麼事，自然不是十分愉快。

我安慰他：「哈山先生，你現在平安無事，至多以後碰也別去碰那東西，不會再有麻煩。」

哈山卻又現出十分不捨得的神情來，我自然知道，叫他別去碰那東西，那是不可能的事！

一剎那間，各人都靜了下來，戈壁來回踱了幾步：「那人說，這東西……的按鈕，有許多作用，多到你已經沒有時間學得完了？」

哈山點頭：「他是那麼說，可是我不服氣，怎知我不能活它一百二十歲？」

戈壁搓着手，和沙漠互望着，兩人都是一副心癢難熬的神情，他們一起再問哈山：「我們兩人對一切新奇的設計都有興趣，也很有心得，是不是可以把那東西交給我們研究？」

哈山不等他們講完，就叫了起來：「當然不能，那東西又不是我的，人家只不過暫時放在我這裏，我怎能夠自作主張？」

哈山用這個理由來拒絕，自然再好沒有，戈壁又試探着道：「可以和我們一起研究？」

沙漠忙道：「和我們一起研究，對你來說，有利無弊！」

這時，我對那東西已充滿了好奇心，所以我道：「我們可以一起研究，而且，就在這工廠進行，因為這裏可以提供一切需要的設備！如果不是在這裏，就沒有可能把容器打開來。」

戈壁沙漠直盯着哈山：「如果不是我們打開了容器，你有可能永遠不知道在什麼地方飄蕩，不但再也回不來，而且永遠散成了幾千億件……」

戈壁在這樣說的時候，不但堅持了他的「分子分解」說，而且神情十分陰森，所以令哈山嚇了一跳。白素在這時也插言：「這裏不但可以提供良好的研究條件，而且可以有十分舒適的生活環境，可惜我不能參加了！」

我忙道：「你——」

白素笑：「我至少要離開一下，爹那裏沒有電話，我也有必要親自去告訴他，由於意外，所以他看來才打賭輸了，其實並不！」

哈山一聽，就嚷了起來：「不對，他可沒有把我在八十天內找出來！」白素微笑：「在七十天頭上，我們就已經找到了這容器，如果你在裏面，你就輸了！你根本不在容器之中，也不在船上，已經犯了打賭的規則！」

她講到這裏，略停了一停，才慢慢地道：「通常來說，若是犯了規，就當輸了！」

哈山還想反駁，可是一時之間，不知如何說才好，急得雙眼直翻。

我就出言打圓場：「哈山先生不是故意犯規的！」

看起來，我像是在幫哈山的忙，替他講話，替他在開脫，可是我的話，卻說得十分陰險，哈山若是一時不察，非上當不可。

果然，哈山雖然人生經驗豐富，可是在這種情形之下，也不免「丹佬吃進」（中了奸計，或着了道兒之意），他立時道：「是啊，我又不是故意犯規！」

白素和我之間的默契何等契合，她立時道：「故意也好，無意也好，總是犯了規，是不是？」

給白素這樣一問，哈山立時恍然大悟我不是在幫他開脱，而是要通過他自己的口說出「犯規」兩個字來！

他向我狠狠瞪了一眼，鼓氣不說話，我笑道：「哈山先生，你這時能和我們在一起說話喝酒，我認為和容器的門被打開十分有關，若不是有了這樣的變化，你不知道處在一種什麼樣的情形之下，那比死更可怕！」

哈山怎說得過我們這許多人，他悻然一揮手：「好！好！就在這裏，一起研究！」

哈山一答應，各人都極高興，戈壁沙漠簡直大喜若狂，號叫着，蹦跳得老高。

白素道：「有一件事，哈山先生必須立即進行——快打電話回去，看那個人是不是曾經出現過！又超過三個月了！」

哈山被白素一言提醒，連忙要了電話來，打回別墅去，總管的回答令人失望，那人不但沒有出現過，也沒有用任何方式聯絡過！

哈山又吩咐了只要一有那人的信息，就立刻和他聯絡，看來，哈山準備長期在這個工廠住下去。

白素又道：「不是我潑冷水，這個容器的來源十分古怪，各位的研究，可能一點結果也沒有，只怕還是要等那人出現！」

戈壁沙漠兩人的神情大是不服：「就算那是外星人的東西，我們也可以研究出一個名堂來！」

他們兩人這樣說的時候，又望向哈山，哈山知道他們的意思：「那個人……看起來，一點也不像是外星人！」

我反倒十分支持白素的意見，但這時候，人人興高采烈，摩拳擦掌，我自然也不便澆冷水，所以沒有說什麼。

白素說走就走，這就要告辭，廠長忙吩咐準備車子，我陪她到門口去等車，白素沉聲道：「不論研究工作如何進行，都不要亂按那容器的任何掣鈕，真的什麼事都可能發生，那……是一隻大魔術箱，不知是屬於什麼人所有的，不可冒失！」

白素說得十分認真，我輕輕親了她一下：「你說話愈來愈像一個詩人了！」

白素笑了一下，一個工廠職員駕了一輛性能極佳的跑車來，白素上了車，一面向我揮着手，一面已呼嘯而去。

等到車子看不見了，我才回轉身，已看到所有人都湧了出來，我知道他們急於回到車房去，就先把白素剛才臨走時所說的話，重複了一遍。

戈壁笑道：「當然，要不然亂按掣鈕，忽然之間身體不見了一半，那倒十分糟糕。」

沙漠縮了縮肩：「豈止十分糟糕，簡直糟糕之極了！」

我笑：「那也得看是如何只剩下一半，是只剩上一半，還是下一半，左一半，還是右一半！」

幾句話說得眾人駭然失笑，技工領班失聲道：「人要是只剩了一半，那算是什麼？」

一時之間，大家都靜了約有好幾秒鐘，想是各人對這種不可測的情形，都有不寒而慄之感——這自然也是後來在各方面的研究工作之中，始終沒有人敢去亂按掣鈕的緣故，一直到後來，白老大出現，才被打破——那是後話，先表過就算。

還未曾到達廠房，各人就已經商量好研究的步驟，決定第一步，先找出這東西的能量來源和性質來。這一點十分重要，若是弄清楚了這一點，對這東西的來龍去脈，就可以有一定的了解。

展開工作之後，詳細的經過，自然不必細表，有許多程序，連我也不是很明白，所以我只是旁觀，而更多的時間，花在觀望那容器的內部一切裝置上，尤其是那許多按鈕，和上面的圖案。

我知道那些圖案式的符號，一定每一個都有獨特的意義，可是卻無法知道它的真正意義，就像是看到了不認識的文字一樣，根本無從猜測。

三天之後，第一項研究項目宣告失敗。

因為用盡了方法，也找不出這容器的能源來源——知道一定在這容器之中，可是無法把容器拆開來，自然也不容易尋找。

戈壁的推測是：「可能是極小型而又高效力的核動能裝置，又保護得十分周密，所以探測不出。」

哈山在一旁聽了，用上海話咕噥了一句：「講之等於勿講！」（講了等於不講）。

在過去的三天中，大家都休息不多，而且人人眉心都打着結，一直到這時戈壁宣布放棄，我才提出了一個比較戲劇性的提議，我指着那座椅：「至少有三個按鈕是可以動的，動了之後，不會有什麼壞結果，人會在二十四小時之中，像是熟睡一樣，而且睡醒了之後，神清氣定！」

哈山點頭：「我試過許多次，確然如此。」

我指了指自己的鼻尖：「讓我去試一試——放兩具閉路電視進去，看看我在靜止狀態之中是什麼樣子的，會不會有可能成為隱形，或者消失！」

我的提議，立時得到了所有人的同意，戈壁沙漠連連打自己的頭，說怎麼沒有想到，顯然他們也十分想試一下「靜止」的滋味。

我笑着說：「不要緊，看來我們有的是時間，每人可以輪上一天，人人不落空。」

很快就找來了閉路電視攝影機，連結上了大型的彩色熒幕，哈山一再向我指出那三枚按鈕，和按動它們的次序。

我坐上了那座椅，按下了那三個按鈕，正如哈山所說的那樣，亮起了一片柔和之極的光芒，門也自動關上。我還想欠過身子去推門，看看是不是推得開，可是我的身子根本沒有動過（事後看錄影帶肯定的），剎那之間，我只覺得身子酥麻得舒服無比，一種懶洋洋的感覺襲上心頭，眼睛閉了起來（看錄影帶的過程，只有三秒鐘），已經睡着了。

這一覺睡得暢美之極，一覺睡醒，自然而然伸了一個懶腰，門也打了開來，我一躍而下，看到所有人都在，但是他們的神情，又都悶不可言。

哈山大大打了一個呵欠：「二十四小時，你連動都沒有動過，像個死人一樣！」

他一面說，一面指着電視錄影彩屏，我自然也知道了人人神情並不興奮的原因！二十四小時看着一個睡着了的人，自然悶不堪言！

接着，戈壁沙漠都要試，就又過了兩天，在戈壁沙漠進入那容器，門關上之後，看到熒屏上的情形，就像是他們都沉沉熟睡一樣。

一共過去了五天，對那容器的研究，可以說一點進展也沒有。那天，沙漠才「醒」了過來，大聲道：「睡得真舒服，真是不知人間是何鄉，一輩子沒有睡得那樣酣暢過，舒服極了！」

工廠方面的人聽了，也都想試，就在這時，一陣豪邁的「呵呵」笑聲，傳了過來，循聲看去，白髮白眉白鬚的白老大在前，白素在後，一起走了進來。

白老大一進來，哈山就迎了上去。兩人各自伸出手來，指着對方。白老大先開口：「哈山，誰也沒輸，誰也沒贏——你別生氣！」

哈山一聽，心中高興，臉色也好看了許多：「出了點意外，誰也不必負責。」

白老大向戈壁沙漠一瞪眼——白素顯然已詳細向他說起過在這裏的人，所以他早已知道各人的身分，這才一下子就望向他們兩人的。

戈壁沙漠一見白老大這等威勢陣仗，自然也根本不必介紹，就知道他是何方神聖了，立時十分恭敬地站着，白老大笑：「有了什麼結果？」

我搶着回答：「什麼結果也沒有，倒是我們三個人都輪流試了一下『靜』的味道，那是極酣暢的熟睡，要不要試一試？」

白老大一口答應：「好！」

他對那容器，像是十分熟悉，說着，已大踏步向前，跨了出去。

這時候，真的要佩服白素，一則，是她精細過人，二則，或者是她最了解白老大的性格，白老大才向前走出了兩步，她就從後面趕上來，一把拉住了白老大：「爹，我知道你想幹什麼！」

白老大呆了一呆，沒有出聲，在這方面，我的反應比較慢，我道：「還能幹什麼，自然是試一試徹底休息的那種特別感受！」

白素狠狠瞪了我一眼：「才不！我知道他想幹什麼！他想進去之後，亂按那些鈕掣！」

我嚇了一大跳，所有人都嚇了一大跳，白老大卻反倒哈哈大笑了起來：「你倒真能知道我的心意！」

白素急叫：「爹，會闖禍的！」

白老大豪氣干雲：「闖什麼禍！大不了是我消失，死掉，你們怕死不敢試，我不怕，我來試！」

白素頓足：「只怕不死不活，人失去了一半！」

白老大呆了一呆，神情古怪之極，想是想到了人失去了一半之後大是糟糕的情形。

可是隨即，他又堅持：「總要試一試，我看不會有什麼大不了的情形，不然，那人一回來，顯得我們無能之至，哈山也曾經按錯了鈕，還不是一根毛也沒少？」

大家都不出聲，老實說，人人都感到可以試一試，但是由於結果會發生什麼事全然不可測，所以也沒有人敢出聲表示同意。

我知道白老大一定會針對我，所以已經轉過頭去，可是他還是大聲叫了我的名字：「你應該同意我的做法，事實上，我以為你早做了！」

我立即道：「老婆叫我別那麼做，所以我沒有做！」

這個回答，十分巧妙，白老大大笑：「好，好在我沒有了這種人際關係，不必聽話了！」

接下來，他的動作之出人意外，是真正出人意外，全然沒有人料得到，而他的動作，又快捷絕倫，所以只好由得他行為得逞！

他好端端地在説着話，陡然抬腿，一腳踢出，卻是踢向白素！

那一腳去勢之快，足見白老大在武學上的造詣，老而彌堅，白素發出了一下驚呼聲，身子向後閃，白老大的那一腳，還是沒有踢中她，可是她由於身子急閃，也退出了好幾步。

這就是白老大的目的，他一逼開了白素，立時一聳身，已經退到了那容器之前，只要一轉身，就可以進入那容器之中！

這一下變化，突兀之極，令得人人震驚。大家都知道白老大準備以身犯險，不計一切後果，要去按動那些按鈕，看看會發生什麼事，也人人都知道這樣做十分危險，因為我們對這個容器，一無所知！

當白素阻止她父親行動時，誰都以為就算白老大不願意，總也可以有一陣子商量，誰知道白老大說幹就幹，竟然發動得如此之快！

這時，只有我離白老大最近，若是我立即發動，相信可以阻上一阻，可是我卻猶豫了一下，因為我知道我一出手，必然會和蓄足了勢子的白老大交上手，我總不成真的和白老大打起來！

在這種時候，薑是老的辣，哈山陡然用上海話叫：「有些話我沒對他們講，你一定要聽！」

哈山一叫，白老大怔了一怔——白老大以為自己在白素處已經知道了一切，哈山的話，正好打中了他的心坎，所以他怔了一怔，而哈山要爭取的，也就是這一刻。白素在後退之後，已經站定，這時，她又陡然向前，撲了過來。

他不是撲向白老大，而是撲向我，我也立時知道了她的用意——她離白老大很遠，不能一下撲過去，所以她先撲向我，我雙手一伸，在她來到了我身前之際，雙手在她的腰際一托，一個轉身，借力把她向白老大處一送，這一下，去勢更快，白素身形飄飄，倏起倏落，已經在白老大和那容器之間，落了下來，阻止了白老大進入那容器。

白老大知道又要多費一番周折了，他竟不回頭看白素，只是盯着哈山，喝：「什麼話你沒有對人說？」

哈山的喉間，發出了「格」地一聲響，向容器指了一指：「從那容器中走出來的那個人，是上海人！」

聽得哈山那樣說法的人，神情都啼笑皆非，怪異莫名，白老大悶哼了一聲，哈山急急分辯：「他講上海話，一口上海話！」

白素阻在那容器和白老大之間，已幾次發力，想把白老大推開一點，可是白老大偉岸的身體，卻一動也不動，我在這時，也已經靠近了容器，白老大想憑使蠻而以身犯險，自然沒有那麼容易了。

我搖頭：「他說上海話，不能代表他是上海人，他可能是通過語言傳譯儀，在你那裏，學會了上海話的！」

哈山急得頓腳：「他是上海人，他叫劉根生，他是小刀會的！」

哈山叫了三句話，前兩句還不稀奇，最後一句，別人聽不懂，我，白老大和白素，自然知道。小刀會是清末的一個幫會組織，勢力十分龐大，而且曾有過行動，佔領上海地區，也有稱之為「起義」的。這段歷史，相當冷門，不是對上海近代史有興趣的，大多不知。

一個小刀會的會員（或頭目），會在這樣的一個容器之中走出來，而這個容器，在我們這群現代人的心目之中，被認為不屬於地球，來自外星！

而且，一個小刀會的會員，一百多年前的人，又怎麼懂得操縱那麼複雜的按鈕？

白老大最先發難，他喝：「你別插科打諢了！」

哈山叫：「真的，他一直用上海話和我交談，最後他說了幾遍：這些按鈕，一碰也不能碰！」

哈山又特別用上海話，重複了兩次「一碰也不能碰」！

上海話有些發音很特別，「一碰也不能碰」的「碰」字，上海話唸作「朋」字音，聽起來也就格外引人注意，叫人印象深刻。

哈山的神情十分緊張，講話的時候，五官一起在動，他喘了幾口氣，才又道：「他說了，絕不能碰！你要是碰了，害你自己不要緊，害了別人怎麼說？」

他講完了之後，盯着白老大，而且一步一步走近來。白老大冷冷地道：「講完了沒有？連這點險都不肯冒，都像你們這樣，人類還會有什麼進步？」

白素在白老大的背後，柔聲道：「爹，別固執了，對自己不懂的東西，不要亂來。」

白老大皺起了眉，臉色十分難看，一時之間，人人都不出聲，等待着他的決定。過了好一會，他才道：「那我們能做什麼？等那個小刀會會員回來？哈哈！」

他笑了幾下，指着哈山：「他可能回上海去了，小刀會當年在海上活動，就搶掠了不少財寶，後來又佔領了上海一年多，可能有一筆大寶藏，在等他拿，你們慢慢等，他會回來的！」

白老大説着，用力一揮手，擺出一副「再也不理睬你們」的姿態，大踏步向外走去，白素忙跟了出去，並且向我使了一個眼色。

我也跟出去，到了外面，白老大轉過身來，十分惱怒：「為什麼要阻止我！」

白素十分冷靜地回答：「因為不知道會發生什麼事！」

白老大雙眉聳動：「哈山老兒按錯了掣，還不是什麼事也沒有！」

白素着急：「可是將近一百天之久，他根本不知道自己在什麼地方，也不知道自己是死是活！」

白老大望了白素半晌，又望向我，「哼」地一聲：「你們年紀輕，不懂，人到了我這個年紀，根本沒有什麼可怕的事了！」

白素也表示了她十分強烈的不滿：「世界上不止你一個人！」

白老大悶哼：「那東西會炸開來？」

白素沉聲：「不知道，就是因為不知道，所以才不能輕舉妄動！」

白老大表現了一個老人的執拗（和兒童一樣），十分惱怒，發出了極度不滿的悶哼聲，恰好這時，哈山走了出來，白老大似乎覺得我們還不夠資格作他發脾氣的對象，一見哈山，立時爆發，他指着哈山就罵：「和你這種人做朋友，真是倒了十七八代的霉，不聲不響得了這樣稀奇的物事，半個屁都沒有放過！我看這東西留着給你當棺材，再好不過！」

我很少看到白老大這樣「無理取鬧」的情形，一面皺着眉，自然不敢說什麼。

哈山的神情苦惱，顯然他也有點自知理虧，他道：「我也是沒有辦法，人家千叮萬囑，我有什麼辦法？」

白老大大吼：「你要朋友不要？」

哈山怒：「不要就不要，誰和你再胡鬧下去？」

白老大一下子就衝到了哈山的面前，一伸手，用手指戳向哈山的額頭，哈山居然不逃，我吃了一驚，想把白老大拉開去，白素向我作了一個手勢阻止我。

白老大的聲音十分響亮：「你好好想一想，你躲進去的時候，按了那幾個掣鈕！」

哈山叫起來：「那是我錯手按的，怎麼能記得起？」

白老大喝：「想！」

哈山吞了一口口水：「可是我不能肯定，如果我記錯了的話——」

白老大豪氣干雲，揚聲大笑：「大不了再錯手一次，我看不會有什麼大不了的後果！」

說來說去，他還是要進那容器去，而且決不肯照已知可以叫人休息的按鈕休息，他至少要像哈山一樣，在裏面過上八九十天！

若干時日之後，我和白素討論，都覺得白老大之所以要堅持如此，主要還是為了爭勝心——哈山有過那種經歷，他就也要有！

心理學家常說，老人的心理，返老還童，和兒童心理相仿，看來有點道理。

白素知道沒有辦法，只好低嘆了一聲，哈山在認真地想着，手指也在動，過了幾分鐘，他抬起頭來，點了點頭，轉身又走向廠房，我們又都跟了進去。

工廠方面的人，都在交頭接耳，我們一進去，都靜了下來。

白老大大踏步走向那容器，在那座椅之上，坐了下來，向哈山招手，哈山走了過去，在那些按鈕上，指指點點，期期艾艾地說着。

白素站在我的身邊，神情緊張之極，我低聲道：「他說得對，他這個年紀，沒有什麼可怕的了！」

白素狠狠瞪了我一眼，我思緒也十分紊亂，根本沒有話可說，白老大又招手叫總工程師前去，檢查那兩具電視攝錄儀。

廠方人員活躍起來，調節着電視熒光屏，準備白老大一按鈕之後，仔細察看會起什麼變化。

哈山和白老大說了幾分鐘，就後退了兩步，白老大轉過頭來，向望着他的人笑了一下，就伸手去按鈕掣，他才按下了兩個，橢圓形的門先關上，接着，外面那一層，長方形的門也關上。

這時候，已經不能直接看到白老大了，只能在兩幅熒光屏上看到他，他的神態很安詳，仍然不斷在按鈕上按着！看來是根據哈山的記憶在按動，不一會，看到在那個「艙」中的九幅銀屏上，都有不規則的線條閃動，白老大正在聚精會神地看着，可是他顯然不明白那是什麼意思，因為他一片疑惑。

等到他不再去按那些按鈕時，銀屏上的線條消失。我想，所有人都盯着熒光屏在看，想着白老大在那容器之中，有什麼變化，所以，沒有人注意別的事情，要不是在我身邊的哈山，忽然發出了十分古怪的聲音，我也絕不會回頭去看他（我連哈山是什麼時候來到了我身邊的都不知道），我一回頭，看到哈山面色煞白，滿頭大汗，口中喃喃地在唸：「別亂按，謝謝儂，別亂按！拜託儂！保佑我沒記錯！」

我也由於緊張，而有一種抽搐感，白老大這個老人，任性之極，他在按了哈山記得曾按過的那些鈕掣之後，若是覺得不過癮，再亂按幾個，會闖出什麼禍來，誰也不能預料！

白老大停下了手，忽然之間，瞪大了眼，現出了驚訝之極的神情來，但那只是極短時間內的事，接着，他就閉了眼睛，神態安詳之極，睡着了——進入了「休息狀態」之中。

一進入了「休息狀態」，他和我們每一個進入這種狀態的人看來一模一樣，過了約莫有五分鐘之久，我首先打破沉寂，尖聲道：「我們過二十四小時就會醒來，他難道要八十天，或是更久才會醒！」

我一面說，一面向哈山望去，哈山正在抹汗，滿面都濕，他吸了一口氣：「應該是這樣！」

我又向白素望去，白素連望也不望向我，只是盯着熒光屏在看，神情關切之極！

天地良心，我不是不關心白老大，但是要我面對一切不動的白老大八十天，那當真無趣之極，我寧願講八十天故事給哈山聽了！

可是我這時，卻又找不出什麼推託的言詞來，只好踱來踱去。

過了兩個小時，我已經忍無可忍，我向廠長提議：「可不可以把電視畫面轉接到我們住所的電視機上去？那裏，至少環境舒服一些！」

廠長連聲：「當然可以，太簡單了。」

轉接電視自然是十分簡單的事，可是坐在柔軟舒適的沙發上，面對一動不動的白老大，那種悶氣法，也可想而知。到了當晚午夜，我已唉聲嘆氣，坐立不安，白素嘆了一口聲：「爹在那容器中要超過八十天，隨時都可以有意外，我必然盡可能注視他！」

我說得委婉：「工廠方面，哈山，他們都在注視！」

白素說了一個無可反駁的理由：「我是他的女兒！」

我吐了吐舌頭，說不出什麼來，而且，也沒有再打退堂鼓的道理，我勸白素去休息，我們輪流注視白老大會發生什麼變化。

一連過了三天，什麼事也沒有發生過。

在「休息狀態」之中，人體的新陳代謝，緩慢得幾乎接近停止，像是根本不用呼吸，這種情形，奇特之至，無可解釋。

第四天，哈山反手搥着腰，走來找我，我望了他半晌，他忙道：「我不是不肯說，而是事情很怪，說出來，你們會接受，工廠的那些人，一定當我是神經病！」他壓低了聲音，苦笑：「那個人說他的名字是劉根生，是小刀會領導人劉麗川的侄子，在小刀會地位十分高，不是普通人！」

白素在這時候，問了一句十分關鍵性的話：「他走的時候，可有說交代些什麼？」

哈山苦笑：「他只說，事情一辦完就回來，可是一點也沒有說什麼事，什麼地方去辦，什麼時候回來！」

我十分惱怒，把一句話分成了兩半，只講了下一半：「你不會問他嗎？」

哈山垂下了頭：「我問了，他哈哈大笑，用一柄小刀的刀柄敲着我的頭，說我不會相信的，不論他說什麼，我都不會相信的！他年輕力壯，我有什麼方法可以阻止得了他，請你告訴我！」

我和白素互望着，也覺得無法太苛責哈山。

可是這個劉根生若是一直不再出現，這個謎，也就一直不能解開來！

又過去了十來天，悶真是悶到了極點，值得安慰的是，看來白老大的情形十分好。

我想起在尼泊爾，多年之前，白素曾守候了六年之久，等候我從人類原來居住的星球上回來，我再不耐煩，也要等下去。

白素後來，看出我的心意，她反倒道：「你性格生來不耐煩急躁，就讓我一個人在這裏好了。」

我沒有出聲，只是聳了聳肩，結果，又過了七八天，那天晚上，哈山又來了，他道：「我明天要離開幾天，再回來，有點事。」

我一聽，現出羨慕之極的神色來，可是看哈山的樣子，一直望着在熒光屏中看起來，十分安詳的白老大，反倒有點依依不捨，看來他不是很想離開，十分想弄明白他曾有一段時間失蹤，是到什麼地方去了。

這時候，我心頭狂跳，想到了一個念頭，可是又不敢提出來，臉上的神情，只怕古怪之極。

白素在這時，笑了一下：「哈山先生，如果你不想離開，有什麼事，交給衛斯理去代辦，我想他能夠脱離苦海，必然會盡心盡力！」

我大喜過望，那正是我想到了而又不敢提出的念頭，白素真是知夫莫若妻之極矣！

我興奮得搓着手，望向哈山，哈山真不失為老奸巨猾的生意人，他竟然提出來，豎起五隻手指：「欠我五個故事！」

我發出一聲悶吼，幾乎沒有張口把他的五隻手指，一口咬它下來！一定是我的神情十分兇狠，哈山竟然不由自主，後退了一步，一隻一隻，縮回了手指，可是還剩下了一根手指的時候，卻說什麼也不肯收回去了！

我盯了他半晌，只好屈服：「我，欠你一個故事，你準備離開去做什麼？」

哈山道：「開幾個重要的業務會議，報告早就準備好了，你照讀就是，也一定會得到董事會的通過，很輕鬆，你可以住在我的別墅中，我這就去安排！」

他轉身走了出去，我在白素的身後，輕輕摟住了白素，白素輕拍着我的手背，笑：「再叫你在這裏悶下去，只怕會把你悶成了植物人！」

我抬起腳來：「真的，每天，我都怕腳底下，會生出根來！」

當晚喝酒聽音樂，也就特別怡神，第二天一早，一輛豪華房車駛到廠門口，哈山的秘書、司機來接我，我就權充這位億萬富豪的代表。

開一天的會，也十分沉悶，但總比在那個工廠之中的好。傍晚時分，我才回到哈山的別墅，就有事發生了！

（聰明的朋友一定早已想到，必然會有事發生，不然，衛斯理的生命歷程如果這樣沉悶，那真的要變成植物人了！）

我走進大廳，僕人列隊迎接——這可能是哈山訂下來的規矩，我也照單全收，一個僕人才把外套接在手中，就聽得警鐘聲陡然大作！

哈山的別墅有一個不大不小的花園，當然有極完善的防盜系統，警鐘聲一響，不到十分鐘，就聽到了一群狼狗的吠叫聲，護衛人員的吆喝聲。

我也立時衝出大廳，看到花園牆下，一個人對着四隻狼狗，毫無懼色，拳打腳踢，正在以中國的傳統武術對付那四頭受過訓練的狼狗，四頭狼狗居然近他不得。

一看到那人的身手如此了得，我就喜歡，那時，警衛人員衝過去，紛紛舉槍相向，那人用十分憤怒的聲音，大叫了一句話。

這句話，當然只有我一個人聽得懂，因為他叫的是十分標準的上海話。

他先是罵了一句上海粗話，不用細表，然後說的是：「哈山迭這赤佬來勒亞裏答？」（「來勒亞裏答」就是「在哪裏」）他受了這樣的對待，自然生氣，所以叫哈山為「迭這赤佬」（那是「這個壞人」的意思。）

（若干年前，香港有一個著名的女電影演員自殺，影迷歸咎於她的丈夫，出殯時，輓聯之中，就有「迭這赤佬害人精」的上聯，極得上海話的精髓。）

他一開口，剎那之間，我大喜若狂，我立即知道他是什麼人！

他就是那個自稱是小刀會重要人物的劉根生！我雙手高舉，陡然高叫了起來，把在身邊的僕人、嚇了一跳，我用上海話大叫護衛後退，叫了三四下之後，才改用法文，幸好我醒覺得早，不然，其中一個性急的警衛，已經準備開槍了！

護衛帶着狼狗離開，那人大踏步向我走來，他身上的衣飾，正是哈山所形容，英氣勃勃，來到我身前站定，神情驚疑，我向他抱了抱拳，他立時也拱手，我道：「哈山對我說了經過！」

他一聽之下，兩道濃眉一豎：「怎麼可以？」

我忙道：「情況有些特殊，他也不是向全世界宣布，只是對幾個有關的人說了。」

他仍然盯着我，我又介紹了自己的名字——這名字，對他來說，一點反應也沒有，十分正常。

第十部

粉骨碎身渾不怕

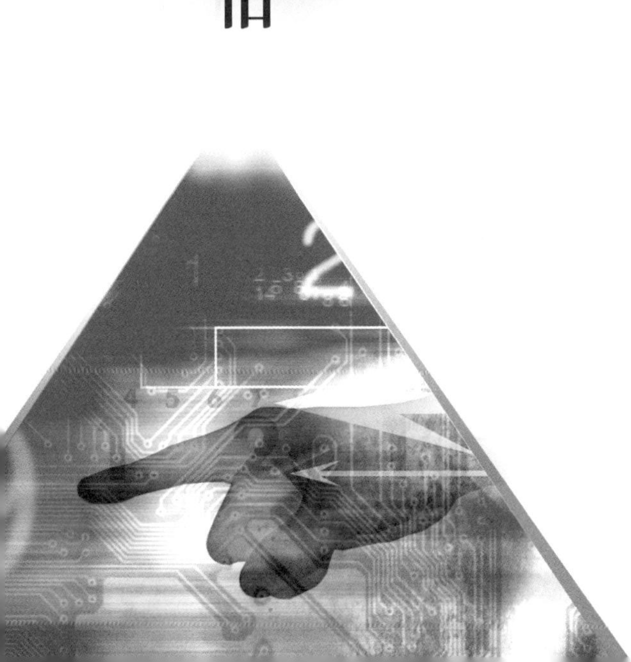

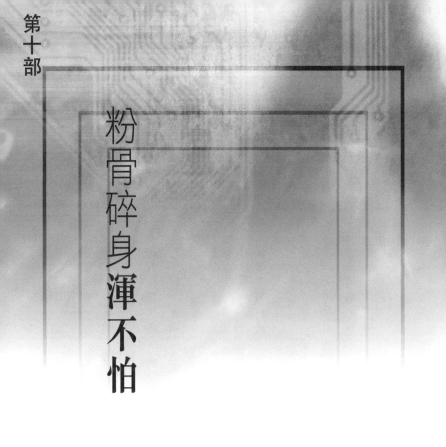

我作了一個手勢，請他進去，一直把他帶到哈山的書房之中，他一看到了酒，就打開來，對着瓶子，大口喝了兩口，咕噥了一句：「味道勿好！」

我笑：「當然，哪裏有綠豆燒過癮！」

「綠豆燒」是上海的一種土酒，酒精含量極高，一口下去，可以把人燒得跳雙腳，這種烈酒，最為江湖豪俠之士所喜愛。

他聽了之後，望了我一眼：「你這人有點意思，我叫劉根生，唉，綠豆燒，上海也沒有了！」

我呆了一呆，才會過意來，駭然道：「你……到上海去過了？」

他呆了好久，又連喝了幾口酒，我在酒車上撿出了一瓶伏特加給他，果然那比較合他胃口。

我感到駭然的原因之一，是白老大曾開玩笑說過這個人可能回上海去找小刀會當年的寶藏，想不到他真的在這些日子中到過上海！

他喝了幾大口酒，伸手在口邊抹了一抹，又瞪了我一眼，霍然站起：「那東西呢？」

我當然知道他問的是什麼東西，「那東西」現在在工廠中，白老大還在那東西之中，自從他離開之後，發生過太多太多的事，千頭萬緒，一時之間，根本不知從何說起才好，自然也沒有立刻回答。

就那麼一耽擱，劉根生面色大變，叫了起來：「怎麼了？你們做了些什麼？」

我忙道：「別緊張，一直到現在，沒有什麼事發生，我們的一位老朋友，正在那……容器中，體驗一些奇異的經歷，也有一個老朋友……曾有過很怪的遭遇……」

我講得有點結結巴巴，他顯然聽得極不耐煩，一轉身，向外就走，我忙道：「這東西已經不在地窖裏了！」

他轉過身來，更是吃驚：「你們究竟做了什麼，要闖大禍的！」

看到他那種緊張的樣子，我感到好笑，也多少有點反感，所以笑了一下：「聽說閣下是當年小刀會的重要人物，小刀會曾經造反，還有什麼比造反更闖禍的？」

劉根生一聲怒吼，指着我：「你懂得什麼！」

我攤開手：「正因為不懂，所以才要討教！」

我想問他的問題，不知有多少，都塞在喉嚨口，但我居然問出了極重要的一個來：「那容器，究竟是什麼東西？」

劉根生急速打了幾個轉，才道：「那東西在哪裏，快帶我去——我無法回答你的問題，因為我也不知道該怎麼稱呼那東西！」

我不肯放過：「你至少知道那東西的作用，它有什麼用處？」

劉根生看來性子十分急躁，怒道：「用處太多了，我如何向你一一介紹？」

他說着，忽然一翻手腕，極快地掣了一柄小刀在手，那小刀一看就知道鋒利之極，他把那柄小刀，極漂亮瀟灑地在手中轉了幾下，晶光四射，我冷冷地看着他，他揚了揚刀子：「這柄刀子有什麼用處，你也不能一一列舉，快帶我去。」

我嘆了一聲：「好，大家都在等你出現，我想，那容器至少可以稱作『時光轉移機』？」

劉根生悶哼了一聲：「作用之一！」

我不禁心跳加速：「能把人轉移到什麼地方去，不，不，能把人轉移到什麼時間去？」

劉根生道：「任何地方，任何時間——」。

他忽然又生起氣來：「你怎麼有那麼多問題，有完沒完？」

他在發怒的時候，樣子很兇狠，但是我當然不會怕他，我打了一個「哈哈」：「我還有三萬六千個問題要問你，像是冤鬼纏身一樣，沒完沒了！你是怎麼會有這容器的？這些年來你在什麼地方？這容器又怎麼會在海上漂浮，你一出現就離開，究竟去辦什麼事？你——」

我用極快的速度，一口氣發問，若是由得我問下去，不知道可以有多少問題，可是我才問了三五個，劉根生一揚手，手中晶瑩的小刀，刀尖和我鼻尖的距離，已經不足一公分。

我早知他會動手，所以就在他一揚手逼近來時，我一腳踢出，那一腳，正踢中在他的小腹上，他顯然料不到我這個現代人，也會在中國傳統武術上有那麼迅疾的反應，被我這一腳，踢得向後直跌了出去，他發了一聲怒吼，寒光閃耀，那柄鋒利的小刀向我面門激射而出！

我不禁又驚又怒，他這手飛刀絕技，如此強勁，如果是普通人，非命喪在他的刀下不可，這傢伙當真有殺人不眨眼的狠勁！

我一見刀到，身子一轉，避開了飛刀的來勢，看得真切，一伸手，已經攫住了刀柄，再轉開身來，劉根生在那時，才站穩了身子，雙眼盯着我手中的小刀，神情古怪到了極點。

我抓了這柄小刀在手。才覺它出乎意料之外的沉重，可能整個刀柄全是黃金所鑄，我冷冷望着他：「要是我沒有兩下子，這上下已經死在飛刀之下了！」

劉根生的態度軟了下來：「你這一腳，若是踢在別人身上，也得有幾個月起不了身。」

我又冷笑，掂了掂手上的刀子：「聽説小刀會的人，都蒙賜小刀一把，就用這柄刀歃血為盟，從此之後，這柄小刀，就和人終生相隨，刀在人在，刀亡人亡？」

我這樣一說，劉根生的臉上，一陣青一陣紅，難看之極，不知如何說才好。

我不肯輕易放過他：「要是這柄刀，居然落到人家的手中，那又怎樣？」

劉根生一聽我這樣說，大叫一聲，向我直撲了過來。

看這架式，兩個人要是游鬥，說不定打上三百回合，仍然勝負不分，而且也不能令他心服，非得速戰速決不可。所以我一看到他撲了來，我也大叫一聲，以同樣的聲勢速度，向他撲了過去！

兩個人同樣蓄力撲向前，本來最多互相撞在一起，誰也佔不了多大的便宜，可是我在撲向前去的時候，高舉着那柄小刀，看來像是兇神惡煞一樣！那柄小刀本來是劉根生的，他自然知道它的鋒利程度，也當然不敢和我硬碰。這傢伙的身手極高，一看這種情形，知道兩個人要是硬碰上了，他會吃大虧，所以當機立斷，又是一聲怪叫，身子突然一側，斜刺裏直竄了出去。

我早已料到他會行此險着——不論是做什麼事，制了先機，總容易得多。所以我也一側身，手中的小刀，已疾飛而出——這一擲刀，我露了一手只有內行人才看得出來的真功夫，手上運的勁卻恰到好處，刀身是打平了向前激射而出的。小刀在劉根生的頭頂上，貼着他的頭皮，掠了過去，把他的頭髮，削下了一片來，去勢仍然快絕，先他一步，「啪」地一聲，釘在他面前的牆上。

劉根生的反應快絕；在這樣的情形下，只怕誰都免不了會呆上一呆，可是他卻半刻也沒有停，一伸手就把刀拔了下來，而且立刻轉身。

刀又到了他的手中，兩人就算功夫相若，那又是他佔上風了。

他在執刀在手那一剎間，當然起過向我進攻的念頭，但是他隨即改變了主意。因為他知道，我剛才的那一下飛刀，絕對是手下留情，要是我瞄準了他的後腦，飛出刀去的話，那麼這柄刀一定已全都釘進了他的腦袋之中。

而且，他也看到了被削下的頭髮，知道刀是平向他飛過去的，他是一輩子玩刀的人，自然知道那需要極強和極巧的手勁。

也就是說，我是一個極難對付的對手，若是向我進攻，再被我佔了上風，他不會再那麼幸運。

片刻之間，他審量了形勢，立時一翻手，把小刀收了起來，行動不失漂亮利落，同時伸手向頭上，頭髮被削去的頭皮上一摸，暴喝一聲：「好手法！」

這時候，我自然知道江湖規矩：得了便宜，切莫賣乖，尤其不可貪圖在口舌上佔小便宜，不然，一句半句話要是叫對方下不了台，對方一樣會拚命。

所以我若無其事地一揮手：「碰巧！」

劉根生「哈哈」一笑：「碰巧？要是低了三吋，那我豈不是——」

我不等他說完，就接了上去：「那就像我剛才接不住你的飛刀結果一樣！」劉根生望了我一眼，又打了一個「哈哈」：「帶我去看那容器，你們對它不了解，會闖大禍！」他這時說得十分客氣，而且語氣也相當誠懇，我知道自己的行動令得他佩服，所以他才會這樣。

我向他作了一個手勢，示意他跟着我，可是在我向前走去的時候，他卻又大踏步趕了上來，和我並肩而行。在登上車子之前，我道：「大約有三小時的車程，在這段時間之中，你要把有關你的一切告訴我。」

我想，事情總要「討價還價」，就計劃漫天討價，落地還錢，他不肯把有關他的一切告訴我，至少也會告訴我一半，或者一大半，那也是好的。

這個人實在神秘之極，他顯然曾在時間之中一下子就跳過了至少一百年，而且，又不知在什麼地方，從什麼人的手中，得到了那個古怪的容器，他急急回上海去，又是去幹什麼去了？

我可以肯定，在他的身上，一定有一個十分怪異的故事，我當然想要知道，知道得愈多愈好。

可是，我的話才一出口，他就用斬釘截鐵，絕無商量的語氣道：「不！我不會告訴你有關我的事！一個字也不會說。」

我又驚又怒：「你……不說？你是百年前的……一種人，和現代生活完全脫節，你沒有人幫助，如何在現代社會生活下去？」

劉根生一聽，像是聽到了最好笑的笑話一樣，哈哈大笑了起來：「現代社會？你現在生活的是現代社會？不錯，確然是現代社會，對不起，我並不打算在這裏生活下去，多謝你關心。」

我呆了一呆，一時之間，不明白他這樣說是什麼意思，只是從他的神態上，看出他像是覺得自己來自更先進的一種環境之中！

我自然想到了那容器，那有着許多按鈕的容器，任何人一見，就會產生那不是地球上的產物之感，那自然是高度科學文明的結晶——難道劉根生他來自一個有着高度科學文明的地方，這地方又是在地球上？

我盯着他，不由自主，吞嚥着口水，這時候，我的情形，一定十分「極形極狀」（猴急），劉根生卻悠然：「別看我，我不會說，你也不必想，想扁了你的頭，也不會有什麼想出來！」他在這樣揶揄我的時候，還伸出手指來，向我的頭指了一下，恨得我幾乎想一張口，把他的手指咬了下來。

這時候，已來到了車邊，我冷冷地道：「要是我不帶你去，你自己找，只怕再也找不到那容器。」

他皺了皺眉，抬着頭，想了片刻，我在這時候，留意他的反應。

使我大惑不解的是，他並不是十分着緊，像是他能不能再看到那容器，無關緊要一樣。我心中不禁暗叫糟糕：要是他不在乎，那麼我就無計可施了。過了一會，他才嘆了一聲：「你不明白，那東西對我來說，用處不大，我只是怕留在你們手裏會闖禍，所以才有點事要做。你若是想以此要脅我把我的事說給你聽，那就打錯算盤了。」他言詞堅決，我心癢難熬，想了一想，決定用軟功夫，不硬來，因為我看出他十分剽悍，這種性格的人，不會在任何脅迫手段之前屈服，若是和他套交情，說不定他就肯把他的故事說出來。

這時候，我已經想到，要是能弄一壇上好的「綠豆燒」來，對事情一定大有幫助。

我沒有再說什麼，只是用十分希望知道內情的眼光望着他，他看來有點心軟，轉過頭去，不看我。

等到上了車，車行了半小時，他才開口，說的話十分有趣，他道：「以你的身手，應當也已混得出一點名堂的了，是不是？」

我笑道：「有點小名氣，不算什麼。」

他忽然大是感慨：「唉，時代不同了！」

我趁機問他一句：「你把自己算是哪一個時代的人？」

他的神情大是惘然，過了好久，他才長嘆一聲：「勿曉得。」（不知道。）

他這樣說了之後，又向我瞪了一眼：「別想在我口中套出點什麼來，我不會說給你聽的！」

他說了之後，看到我沒有什麼特別的反應，又補充了一句：「你也不必動腦筋去想，再也想不到的。」

我冷冷地道：「未必見得，我有一雙好朋友，他們就有在時間中自由來去，任意旅行的本領。」

劉根生略呆了一呆，我又道：「我猜你也在某種機緣之下，突破了時間的限制，到過未來，又回到現在。」

劉根生笑了起來：「想像力也算是不錯的了。」

他這樣說，當然是表示我沒有猜中，而我的想像力，他給的評語只是「不錯」，那也未免欺人太甚了。我再進一步：「大不了你是遇上了外星人，被外星人帶走了——你不知道，中國歷史上，所有所謂『遇仙』的紀錄，都可以視為遇上了外星人，山中方七日，世上已千年，我自己就曾有過這樣的經歷。」

劉根生默然不語，神色有點陰晴不定，我無法在他的反應中看出我是不是料中了。

我又道：「那容器，當然不是地球上的東西，是外星人放你回來用的？他們把你盛在裏面，從高空拋進了海，所以你被發現的時候，才會是浮在海面上？」

劉根生這次，對我的推理的反應，是大大地打了一個呵欠：「你說故事的本事很大，可以去當說書先生。」

過去，上海人喜歡聽說書，說書先生，就是專門說故事的人，我聽了之後，不禁有點啼笑皆非。

我大是不服：「難道不是？」

他反問：「難道會是？」

我又列舉了幾種假設，包括他根本不是劉根生，只是有一個叫劉根生的小刀會頭目的靈魂，進入了他的身體——這種事，曾發生過，我記述在「招魂」

這個故事之中。

他聽了之後，大是駭然，對我的評語也好多了：「你簡直是一個超級的說書先生。」

我自己作了那麼多假設，在某種程度上，居然也能滿足了好奇心，我料定他的遭遇，不會超出我所假設的範圍之內，他不願承認，事實也就是如此，所以我也不那麼急切想知道發生在他身上的究竟是怎麼一回事了。反倒是他，對我所作的假設——其實全是我過去的經歷，十分有興趣，不住地問着。我也以其人之道，還治其人之身，不是很痛快地告訴他，只是說一點不說一點，目的在吊他的胃口。可是他一到我不說，也就微笑不再問下去，只是自己想着，不一會便現出恍然大悟的神情來，這樣過了幾次，我實在忍不住，喝道：「你別故作神秘了，我那些經歷，你絕猜不到結果。」

他用挑戰似的目光望着我，我那時講的那樁怪事，是人的肢體在某種裝備的作用之下，可以分開來活動，還講到我在埃及的一座古廟之中，遇到了一個外星人的情形——整件事，記述在《支離人》這個故事中。

劉根生望了我幾眼，我把這個外星人在地球上的遭遇和最後的結果講了出來。

我又試了他一下，告訴他有一根金屬圓柱，人一靠近它，就可以預知未來，他想了一會，就嘆：「知道了未來十分可怕，把那東西拋進大海中去比較好。」那正是我處理這圓柱的方法。

我沉聲問他：「你好像什麼都知道？」

他回答了一句實在不是他那個時代，而且身分是一個小刀會頭目所能說的話：「太陽底下無新事！」我呆望了他半晌，知道在這一百年，或接近一百年的時間之中，他必然有十分奇特的遭遇，可是看樣子，他怎麼都不肯說，我自然也沒有辦法。在快到目的地之際，我沒好氣道：「我作的那些猜測，就算不是全部對，總有局部情形是和你的古怪遭遇相同的吧。」

劉根生十分認真地想了一想：「當然，例如你一再說我曾遇到什麼，我當然遇到了什麼。」他一點也不露口風，我冷笑：「可能全部給我料中了，你不好意思承認！」

劉根生「呵呵」笑了起來，一副不在乎，想我怎麼說的樣子。

我把他帶進了工廠，一見到了哈山，曾說過「太陽底下無新事」這種文藝腔的劉根生，爆出了一連串絕對不宜宣諸文字的粗言俗語，而且一把抓住了億萬富豪的衣領，把他提了起來，喝道：「你答應過我，絕不向任何人提起我的。」

哈山急叫了起來：「我幾乎消失在這個容器裏，而且連自己到什麼地方去了也不知道。」

劉根生曾聽我提起過哈山的情形，所以他了解哈山在說些什麼，他把哈山重重放了下來：「算你額角頭高！」（算你運氣好！）

哈山忙問：「不然會怎樣？」

劉根生已走到電視熒光屏前，看了畫面一眼，畫面中的白老大仍然在休息。他悶哼了一聲，白素十分關切：「他老人家不要緊？」

劉根生又悶哼了一聲，指着哈山：「你按錯了一個掣，你的整個人，曾化為億萬個分子，要是你再按了另一個，你永遠不會復原！你當然不知道曾到過什麼地方，因為那時，你在休息狀態之中，如果你那時清醒，哼哼，你就會感到自己——」他講到這裏，陡然住了口。他說的是上海話，所有在場的洋人，自然無一明白，但戈壁沙漠聽得懂，兩人駭然問：「會感到自己化身億萬？」

劉根生向他們一瞪眼，沒有回答，大踏步走向那容器，才向門看上一眼，就怪叫起來：「你們破壞了門。」

戈壁神氣得很：「沒有什麼了不起，一弄就開了。」

劉根生的動作極快，一下子打開了外面那道門，又一伸手，那扇橢圓形的門也應手而開，我和白素都吃了一驚，掠身向前，已看到他在兩排掣鈕上，按動了幾次，白老大陡然睜開眼來，神情迷惘。

劉根生並不理會白老大，一伸手，在那容器的頂上，按住了一個圓蓋，轉了一轉，就轉出了一個圓柱形的東西來，我根本沒有看清那是什麼，他就把那東西放進了衣服之中，然後，竟一言不發，向外就走。

他行動十分快捷，我和白素又忙着去看才醒過來的白老大，等肯定了白老大沒有事，劉根生在沒有人攔阻之下，已走得蹤影不見了。

白老大聽說劉根生來過又走了，極是生氣，一伸手，重重拍在椅子的扶手之上，至少觸動了六十個掣鈕：一時之間，人人大驚失色，連他自己也呆了一呆。可是，卻什麼事也沒有發生，大家在錯愕間，沙漠已叫了起來：「他把這裝置的動力能源弄走了！」

一句話提醒了所有人──沒有了動力能源，那裝置就算有一萬種作用，也就等於什麼作用都沒有了。

故事完了。

等一等，好像沒有完，劉根生究竟是怎麼一回事？劉根生的事，是另一個故事，這個故事是講哈山錯手按了那裝置的掣鈕，曾分解為億萬分子的經過。

當然已經完了。

（全文完）

衛斯理小說典藏版　36

錯手

作　　者：　衛斯理（倪匡）
責任編輯：　趙德強　　李瑞芬
封面設計：　李錦興
出　　版：　明窗出版社
發　　行：　明報出版社有限公司
　　　　　　香港柴灣嘉業街18號
　　　　　　明報工業中心A座15樓
電　　話：　2595 3215
傳　　眞：　2898 2646
網　　址：　https://books.mingpao.com/
電子郵箱：　mpp@mingpao.com
版　　次：　二〇二二年七月初版
ISBN：　978-988-8688-84-5
承　　印：　美雅印刷製本有限公司